JN212116

落ちこぼれ主婦のおばあさんぶりっこ

足立恵子

ゆいぽおと

落ちこぼれ主婦のおばあさんぶりっこ

足立恵子

はじめに

こんにちは。皆さまお元気でいらっしゃいますか?

コロナは5類になりましたが、まだまだ安心はできませんね。私は今のところコロナには一度もかからず、お陰さまで元気な七十代を過ごしています。

さて、前回の『落ちこぼれ主婦もの忘れのお年頃』の次は、九十歳になったらと思っていましたが、ごめんなさい。ふわふわした私の心はコロコロ変わります。

あとわずかしかない七十代のうちに、また書いておきたくなりました。

七十代とは、当然お元気じゃない方も増えてきますが、たとえ元気でも「先がない」と痛切に感じ始めるお年頃なのです。だから本の出版に限らず、何かと「これが最後」とか「今しかない」という気になるのですよね。

そうなんです。「今しかない」という気持ちが高じて、本づくりと合わせて、実は私は今まさに、念願だったひとり暮らしを実践中です。

私七十七歳、夫八十三歳、二人とも立派な高齢者。

今は二人とも一応元気ですが、いつまで続くかは不安な年齢です。

「ひとり暮らしをするなら今しかない」「最後のチャンス」という強い思いがムクムク。というわけで、それこそ死ぬまでに一度は経験したかったその夢を、思い切って夫に告げ、めでたく同意も得て、もちろん期間限定ですが実現したのです。

でも、週に三回くらいは家に通い洗濯とかゴミ出し、トイレやお風呂掃除などはやっています。

それにしても、私のひとり暮らしが実現できたのは、夫が「料理ができるから」というのも大きい。夫はどちらかといえば、亭主関白ですが、それでも許してくれたのに、友人たちの穏やかで優しそうなご主人たちは、そんな話をしようものなら、「烈火のごとく怒り狂う」のだとか。まあそれはオーバーとしても、「俺のご飯はどうするんだ」という気持ちは皆さんお有りのようです。

さて、家に行く日は朝十時くらいに着くようにして、だいたいの家事をします。昼食は夫が作ってくれるので一緒に食べて、夕方には、朝の残り物やら新たに作ったものなどをタッパーに入れ、ほかにも何やかや、貰い物のお菓子や果物なども、袋に詰め込んでひとり暮らしの部屋に帰るという生活。

何だか実家からいろいろ持たされて帰る娘みたいだなと笑えます。

すでに両親も亡くなり、私には実家はないので、今は夫のいる自宅を、友人たちにも「今日は実家に」なんて話しています。さしずめ夫はお父さん？

パソコンはひとり暮らしの部屋には持ち込んでいないので、エッセイも下書きしかできず、仕上げは家で洗濯の乾燥を待ちながらという具合で、まあうまく回っています。


話を戻さねば……。

七十代も終わりに近づいてしまいましたが、先がないとは思いつつも、悲観的な気持ちではなく、ここまで生きてこられたことは本当に幸せなことだと思っています。

今に至るまでのいろいろな年代を、身をもって体験することができました。どの年代も、その都度「こういうことだったのか」とわかったのは嬉しい。

想像していたのとどう違うのかなど、私の経験が若い方々にも少しはお役に立って、「未来の参考にしていただけたら」とも……。

たとえば、若い頃はお年寄りを見て、「年をとると、ああいう感じになるのか」と漠然とながらわかったつもりになっていたけれど、違うのですよ。自分がその年になって感じる老化とは……。

何が違うのかですって？　とにかく違うのです。

それがわかっただけでも長く生きた甲斐があるとつくづく思います。

そして私にとっては、未知の八十代、九十代も、どうなるのかの不安もありますが、反面、楽しみでもあるのですよね。

願わくば百三歳になれたらいいけれど。

そんなわけで、この本では、私の体験からの年齢にまつわる話や、いつもの他愛のない話、そして今回初めてになりますが、私の自費出版騒動記も入れてみました。

四十代から始めた自費出版もこれで九冊目になりますが、そのおかげで本当にさまざまなできごとがあったので……。

そして巻末には付録として、過去の本のなかから好評だった六編のエッセイを掲載。

もろもろお楽しみいただければ幸いです。

足立恵子

落ちこぼれ主婦のおばあさんぶりっこ　もくじ

Ⅱ　何とかしてほしい話　57

Ⅲ　年齢と健康に関する話

Ⅳ 自費出版騒動記 137

アンコール 153

I　そうなのね

神隠し？

あれ、どこにいった？

今開けたばかりなのに、神隠し？

実は、最近買ったばかりのソックスですが、袋から出して使える状態にしておこうと、まずは一足目の袋を開けたのです。とりあえず片方の中に入っている足形のプラスチックを取り除いたところで、「あれ？」と気づいたのです。もう片方が見当たらないことに。どこかに置いた覚えもないし、たとえ、無意識にでも、私は座ったままで全然動いていないし、手の届くところにあるはずなのに……。

でもまあ、神隠しは、よくあることなので、とりあえず後回しにすることにして、二足目を開けたのですが、びっくり「えっ、何で？」。

一つしか入ってないのです。

さっきのも神隠しではなく、もともと一つしか入ってなかったってこと？

三つ目も開けたけれど、やはり一つだけ。

「そんなあ！」

実はそのソックスは某デパート内の安売りコーナーにあったのですが、私が以前某ホテル内の雑貨屋さんで見つけて買ったのと同じものだったのです。それは、ストッキングを履きたくない夏用として、また「薄手で足首ゆったり」という私のソックスに求める条件を見事にクリアーしていました。おまけに一足五百円という手頃な値段、試しに二足買ったのですが、薄さもストッキングくらいでレース柄、履き心地も良く、いいことづくめ。

もっと欲しいと再度買いに行ったら、残念、「思ったのがなかった」という、その同じものが安売りされていたのです。加えて、五百円でも安いと思っていたのに、それが五足で千円だなんて、買わないという選択肢はないですよね。大喜びで、ほかの種類もあるなかから、自分の買いたいその品の水色系とかピンク系、ベージュ系など適当に選び、十足も買ったのです。ふつうなら四足しか買えない二千円で。

本当に嬉しかったのに、五足千円とあった一足とはいったいどういう意味？

文字通り一つの足の分ってこと？

まさかまさか、そんなバカな！

「安いと思ったけど、安いどころか、同じのを二つずつ買わなきゃ用をなさないじゃないの」

あまりに安い買い物だったから、有り得ないことも有りかと、つい思ってしまったけれど、どう考えても有り得ない。一足が足一つ分だなんて絶対におかしい。

と、正気に戻った私。

一つに見えるソックスでしたが、「ひょっとして、重なっている？」

足首のひらひら部分の中側を引っ張ってみたら、何と、手品みたいに、するすると薄いもう一枚が出てきました。

アハハ、「一足が足一つ分」なんて解釈は、ナイナイない。

笑える勘違い

やはり出かけると、何か面白いことに遭遇する。犬も歩けば棒に当たるけど、私は？

地下鉄内で座れなかったので、とりあえず扉付近に立っていた。座席の端のしきりにくっつける形でキャリーバッグを置き、私は反対側の扉の方を何となく見ていた。二駅くらい通過した頃、端席に座っていた男性にコンコンとつつかれた。「えっ」と見ると、何か言っている。

ニコニコ優しそうな笑顔の若い男性だったから、「席を譲ってくれようとしている？」

と、一瞬思った。「何せ私は立派な高齢者」と思っているわけではないけれど、それでも過去に一度や二度くらいは席を譲っていただくという、ありがたくもショックな経験もし、誰から見ても高齢者なんだという自覚はある。だから、譲ってくださるなら素直にご好意を受ける覚悟はあったのですが、どうも違うらしい。

彼は私のキャリーバッグの横のポケット部分を指さしている。その中には花柄の折り畳み傘が入っているけど、この傘がどうかした？　まさか「素敵な傘ですね」と言っているわけではないでしょうし、今度はそこに触りながら何か言っている。「傘にも何か付けていたっけ」と思いながら、「それがどうしたの？」という感じで触ったら、

「あのー、落としたんです。それイヤホンなんです」って。

ホント、笑っちゃいます。うっかり落としたイヤホンが、よりによって私のキャリーバッグのポケットに入ってしまうなんて……。彼も、勝手に人の持ち物の中に手を入れるわけにいかなくて、ということだったのね。

さて、またも地下鉄内でのこと、シルバー席に座っていた私は、先に立った二人連れのご老人夫妻に続き、降りようとして、座席横に傘が掛けてあるのに気づいた。

「傘をお忘れでは？」

後ろから声をかけたのですが、

「違います」

振り向かず、きっぱり。

そうか、そういうこともあるわよね。その人の前の人かその前の人か、とにかく傘は最初からあったんだ。実は以前、私自身、経験していたのです。その時も同じように、私の座席の横に誰かが忘れた傘が掛けてありました。困ったわ、降りるときに親切な人に「傘をお忘れですよ」と追っかけられたらどうしよう。

よくよく考えた末に、以前どこかに書いたりもしましたが、私は、バッグに入れていた折り畳み傘をわざわざ取り出し、手に持ち、「私は傘を持っています。その傘は私のではありません」と、アピールをしながら席を立ったのです。

傘があっても、その人の傘だとは限らないというのを体験したのに、「全然学んでいなかったなあ」と反省。親切な人に「傘をお忘れですよ」と追っかけられるのを恐れた私ですが、うふふ、その親切な人って、未来の私だったのね。

「個人の感想です」

「個人の感想です」って、なんとまあ便利な言葉でしょう。この言葉ひとつで、大げさな宣伝が許されるみたい。テレビショッピングなどでは乱用されている感がありますね。

商品を試しながら、効き目のすごさや自分がいかに満足しているかを伝える、その画面の横にチラッと「個人の感想です」のテロップ。

ある日、目に入った運動器具の宣伝では、専門家も現れ、その運動がなぜ効くのかとか、それを使用しての、より良い運動方法を解説なさっていましたが、その横には、個人ならぬ「先生の感想です」とテロップ。

「ご丁寧に恐れ入ります」と言いたくなる。とにかく「個人の感想です」さえ付ければ、買いたくなりそうな効能を遠慮なく大げさに伝えられるから威力はすごい。

その商品は、椅子に座ったままで、足元に置き、ペダルをこぐというもの。座りながら足を自転車をこぐように楽に動かす様子を見て、まさに宣伝効果？　一瞬私にもいいかもと思わされた。何せ、運動不足、録画したテレビドラマや映画など見放題の怠惰な生活。そんな座りっぱなしが多い生活でも、立たずに運動できるのは魅力だ。

しかし、「経験は愚者をも賢くする」

運動器具に限らず、何かと届いてはガッカリの経験豊富な私、器具が届いてからの様子が浮かんだのです。最初は喜んで足元に置き、楽しくペダルをこぐけれど、やっぱり、こぐだけでも面倒だし疲れる。結局足元に置いたまま数日が過ぎる。そのうちに、足元にあるのも邪魔で遠くに置く。その後、完全にしまい込まれる運命。

買わないうちに、これだけのことが、想像できるなんて、やはり、私もそうとう賢くなっていますね。要するに、使わなくなるのは、足を動かすのが面倒だからです。

「足を動かすのは体にいいから器具を」と思われるかもしれないけれど、器具がなくても足踏みなら座ったままでできます。足踏みすればいいのよ。

それも面倒？

だったら器具を買っても絶対に面倒だし、やらなくなる。それに楽だとは言っても、ただ座っているだけの方が楽に決まっています。

そもそも全く疲れないなら、効果もないはず。

もちろんやる気満々の方にはいいと思いますが、何をやっても続かない方は、買わなくても良いと考えます。まずはタダの足踏みをどうぞ。

アッ、これも個人の感想です。

ちょっとした失敗

三月のある日、「あの花は何の木ですか？」と宅配の人に訊かれた。

その方向の庭の奥にある一本の木には、濃いピンクの花が今は盛りに咲いている。

「これは梅よ」

その木の名前は、桜じゃなくてという感じで覚えていた。

「梅ですか。すごく綺麗ですね」と、彼は褒めてくれた。

それは、夫が自分で選んで庭師さんに植えてもらった木だから、褒められれば嬉しいだろうなと、やりとりを告げた。

すると、「梅じゃないよ。桃だよ」。

ガーン、そうだった。そうだった。桃ですよ。桜じゃなくて桃だったのに。

桜じゃなきゃ何でもいいわけじゃないのに、なぜか梅という言葉が頭に浮かんだから疑問も持たず梅と言ってしまった。

夫は「梅はもう時期じゃないだろ」と追い打ちをかけるが、「そんなこと、おら知らねえだ」の気持ち。次回訂正するまでに、どこかのお宅の桃の花を見て「梅きれいですね」

なんてことのないように願うばかりです。

まあその程度の失敗はどうでもいいけれど、その後のこの失敗は、

「ひゃあ、そうだったの、ごめんなさい」の気持ち。

たいしたことでないと言えば、たいしたことではないのですが、それは、あまり行かない不慣れな某デパート内のお茶漬けの店でのこと、ランチをしようと注文を済ませ、呼び出し機を持たされ、空いている席を探して、とりあえずそこに座って待っていた。

テーブル上にあった消毒液か何かの容器が目に入ったが、別に気にも留めなかった。なかなか呼んでくれないなあと思っていたら、ベビーカーに赤ちゃんを乗せた二人連れのおひとりの方が、私の席に近寄り「あれっ？」と戸惑う様子。

私も「えっ？」という感じでしたが、その方が、置いてある容器を手に取られたので、

「はっ、あなた方のお席だったの？」

声には出さなかったけれど、そんな感じで立ち上がろうとしたら、「あっ、いいです。いいです」と他の席に行かれたのですが……。

テーブルに置いてあったのは、赤ちゃんの飲み物だったのです。

「この席は使用中です」の意味で置いてあったのに、消毒液か何かと勘違いするなんて、バカバカバカ。それにしてもその容器に触れなくてよかった。液体を手につけたりしてい

たら、最悪だったけれど、やれやれでした。

ちょっとした失敗にはこと欠かない私ですが、次の失敗には本当に我ながらあまりにバカバカしくて、怒りながら笑ってしまいました。

我が家に計算機はいくつもあるはずだった。久しぶりに必要になり、入っていそうな引き出しを探していたら、気に入った形のはなかったが、小さめの黒いのが見つかった。蓋を開けたら、真っ黒な画面、

「電池がないのかなあ」と画面を二度ほど押しても反応なし。

「やっぱり電池切れかあ、めんどくさいなあ」と嫌になりながら、ふと指を見て唖然。真っ黒、一瞬何事かと思ったけれど……。

「ぎゃああ！　スタンプ用のインクパッド？」

真っ黒な指のインクを必死に洗い流したことでした。

無意識の記憶の危うさ

事情があって、機械式駐車場をしばらく借りることになった。機械式は嫌だなあと思っ

ていたけれど、入れるときは前向きで進めばいいし、出すときには、ちゃんと前向きで出られるようになっているとわかり、なら私でも大丈夫かなと夕カをくっていました。

しかし、何でも利用するうちにいろいろな場面にでくわすものだなあと、つくづく実感。初めて車を入れるときには緊張した。まずは手順にそって、リモコンでドアを開ける操作をして、待つこと数分、「開いた！」。

何とか車の角度をまっすぐになるよう何度も切り返した後、駐車場内の鏡を見ながらタイヤがはみ出ないようまっすぐに進み、「前進」の表示が「停止」となった瞬間、慌てて停めた。やれやれ無事に入れられたとホッとして、エンジンを切ったが、今度はこんなアナウンスが……。

「エンジンを切りドアミラーをたたんでください。お忘れになりますと破損する恐れがあります」

えっ、大変、そんなことを言われても、エンジンを切ったのに、ミラーが閉じない。いつも自然に閉じていたのに。

ミラーの手動での閉じ方は知らないし。

「破損するって何よ、恐ろしい！」

パニックになりながら、慌てて車の販売店の担当者に電話をしたら、出てくれました。

やれやれ。

「エンジンを切ってもミラーが閉じないけど」と言うと、事もなげに、「降りてドアをロックすると閉じますよ」

わあ、そうだったのか。毎日車に乗っているのに、ミラーがいつ閉じるのかなんて気にしてはいなかった！　ふだんは「ミラーが閉じなきゃ困る」と切実には思っていなかったから……。毎回閉じているのはわかっていても、それがエンジンを切ったときではなく、ドアをロックしたときだなんて記憶になかった。

確かに、降りてロックしたら無事に閉じた。

実は、ほかにもわからないことがあった。サイドミラーのようにたたまないと破損するとまでは言われないから、パニックにはなっていないが、ライトのことも、よくわからなくて……。入庫するときに、ライトを消すようにと言われるが、いつものオートにしたままだと駐車場に入れるときは点いている。消すのってどれかな。見当をつけて操作してみても、やはり点いている。

消す方法がわからず、しばらくは「消して」の案内は無視していたけれど、ある日、車の点検の際に訊いてみた。

「ライトのオフはどうするの？」

すると私が見当をつけてここかと思ったところを教えてくれたので、

「でもそこにしても、消えなかったわよ」と言うと、

「そこで消えますよ」

「だってほら、消えないでしょ」とやってみせると、

「あっ、これですか、これはデイリーライトで、エンジンを切らない限り点いてますよ」

ですって。

いつも乗っている車でも本当にほとんど知らないで乗っているのだと、あらためて気づかされました。

道具のかわりに

最近MRIを撮ってもらったという友人ですが、その十分間は動いてはいけないし、眠ってもいけないと言われたからと、彼女が試みたことは、

「十分は六百秒でしょ。だから自分でその間六百を数えて待つことにしたの」ですって。

そして、済んだと知らされたときの数は、「五百八十だったわ」

「案外正確に数えていたのね」と感心した。

私も機械式の駐車場の扉があくまでの時間があと一分なんて表示になると、自分で六十を数えてみたりすることがあるけれど、彼女の一分あたりの誤差は二秒なのに私は八十まで数えてしまうので、二十秒の誤差。彼女の能力は、時計がないときに、一分くらい計るにはけっこう役に立ちそう。練習すれば、私も近づけるかも……。

何だかほかにも道具がなくても計れるものを探したくなった。

たとえば、手を物差し代わりにすることもできる。手のひらを目一杯広げたときの親指から小指の先までの長さを知っていれば、長いものは尺取虫みたいに進めていけばいいし、細かく計るには、小指の爪の根元あたりなど何センチか覚えておけば便利かもしれない。

ほかには？　計算は？

私はできないけれど、暗算のすごい名人は、そろばんも要らない。もちろん計算機なんかなくても億単位どころか兆（?）私には数え方もわからない桁数の計算ができる人がいて、ただただ驚くばかりです。

ほかには？　重さは？

昼頃やっている「ぽかぽか」というテレビ番組のなかに、ゲストの人が張り切って挑戦するゲームがあります。牛肉二キロの塊から、一回か二回包丁を入れてうまく三百グラムピッタリに切り出せたらお肉の塊二キロ全部、誤差が十グラム以内なら切った分のお肉をお持ち帰りできるというものですが、誤差十グラム以下でもめったに成功する人がいない。でも、あれも練習で三百グラムの感覚がつかめるようになるかもしれない。お寿司の職人さんなどで、ベテランになると正確に一貫の重さが同じにできたりするから、きっと可能。

なあんて、まあいろいろ考えたけれど、こんなこと考えていったい何になるのでしょうね？

やっぱり何にもならない。

昔、超能力が話題になった頃、封筒の中に入っている手紙を外から見るだけで読めたり、びりびりに破られた名刺を元通りにしたり、指先で物を見ることができたりすることに対して、皆さんが大騒ぎしているのに、あまのじゃくな私は、

「それがどうした」

と冷めていたものです。

手紙は封筒から出して読めばいいし、名刺一枚びりびりのを元に戻して、それが何なの？　一枚くらい捨てて新しいのを使えばすむこと。

確かにふつうの人にはできないことができるというただその不思議さに、人々は感心するのですが、その能力自体は、別に世の中の役に立っていない。道具は、何でも充実しているから使えばいいのだし……。

まあ、牛肉三百グラムの重さがわかる能力は、高級牛肉がもらえる番組に出るなら役に立つかもしれないけれど、私は、そんな番組に出る機会はないし。

いろいろ思いつくままに並べてみましたが、そのなかでも、一分を正確に六十で数え終わる能力くらいはあってもいいかしら。

何ごとも、まずは予想から

聞き間違いは、誰にでもよくあることですよね。先日もこんなことが……。

スーパーで、女性が小松菜を指しながら「少量のは、ないの?」と訊ねている。「ああ、下になっています。すみません」店員さんが答えると、その女性は「ああ、明日なの?」とあきらめた感じ。

近くにいた私は、内心、えっ? 下にあるってことなのに、でも、「ああ、した」を明日と聞き間違えるのはけっこう納得だわー、とその間違いを面白く思っていた。

ところがところが、まさかの展開。

「すみませんねえ。明日入るんですよ」と店員さんは言いながら、少量束と書かれた札を外したのです。

えっ、何てこと。聞き間違えたのは、このワタシ？

まあ、この時の聞き間違いは、誰にもバレていないし実害はなかったけれど……。

こちらはちょっと違います。

ある日、五千五百円の代金を払うのに、一万円札と五百円を出し、五千円のお釣りを待っていたら、四千円とジャラジャラと硬貨がたっぷり返ってきた。

「えーっ、何ごと？」

実は聞き間違いで、代金は五千五百三十三円だったのだ。それなら「あのー」とか困った様子を見せてくれればいいのに。そんなジャラジャラをもらうつもりなら、わざわざ端数五百円なんか余分に出さず、一万円でそのままお釣りをもらえばいい。

言ってもらえれば、三十三円追加で出すか、なければ五百円引っ込めるかしたのに……。

そりゃあ、お客の気持ちは正確にはわからないから、いくら変でもめんどうでも下手なことは言わずに対応した方がいいと思うのかもしれませんね。

レシートにはその通りに、現金一万五百円。お釣り四千九百六十七円となっていました。

「なんじゃこれっ」て感じですよね。

聞き間違いではなく見間違いもよくある。見間違いというのか場所間違い？

リモコンなどで音量を変えるつもりが、選局チャンネルを押してしまったりする。

これは悲劇。その場面をはっきり聴きたいためだったのに、はっきりどころか、他局の番組に変わってしまうのだから。あたふたと戻す操作の間に肝心の場面が終わっていたなんてことも有り有りの有りです。

だいたいが、リモコンの音量調節と選局のボタンが並んでいるのが間違いのもと。おまけにもう一つあるテレビのリモコンとその並び方が逆なのが最悪。もちろん文字がよく見えない老眼がそもそもの原因かもしれないけれど……。

聞き間違い見間違いに続き、今度は予想違いの件。

昨年だったか、朝のラジオで「加山雄三さんがどうの……」と、延々とそれまでの活躍を説明していた。

「ああ、とうとう亡くなってしまったのか」と思いながら聴いていたら、ようやく最後になって、その加山さんは「年齢を理由に今年いっぱいで引退」というニュースだとわかった。

いつもそう、前置きが長すぎる。最初に「加山さん引退のニュースです」と告げてからゆっくり今までの活躍ぶりを伝えればいいのに……。

人は、無意識のうちに、いいことも悪いことも常に予想しながら行動しているのだなあと思う。聞き間違いにしても見間違いにしても、結局は予想の間違いでもあるのです。

ふつうは、ちゃんと聞き取れていなくても、経験上で、この言葉を言っていそうだと予想するから意思疎通も問題ないけれど、全く思いがけないことを言われたり、聞きなれない言葉だったりすると正確に聞き取れなかったりします。

良くも悪くも人は予想しながら前に進んでいるのですね。

うまい言い訳

「年賀状を来年からやめます」というお知らせがこの頃増えてきました。今年の年賀状のついでにというのが多いのですが、ただ興味深いのは、単にそのお知らせだけでなく、いろいろ言い訳が入っていることです。もちろん気遣いからです。

「やめるけど、気を悪くなさらないでくださいね」の気持ちですね。

「年もとって、だんだん年賀状の作業が大変になってきた」という理由を告げたり、なかでも、「あなただけじゃなく全員にやめる」という旨があったりするのには、言い訳も大変だなあと思ったりします。

ふつうは年賀状の印刷文に添えられた手書きの部分は、あなただけへのメッセージという誠意が感じられますが、内容が悪いこととか相手にとって好ましくないことの場合は全文印刷の方が無難ですね。これはあなたに対してだけのお知らせではないということがわかりますから。

ずいぶん古い話ですが、私が最初の本を自費出版した折、新聞に紹介され、当時は個人情報などの考えもなく、連絡先も自宅住所が堂々と書かれていました。掲載日から一週間くらいは毎日数通買いたい旨のハガキが届きました。

初めての本なので、読んでいただけるだけで嬉しくて、もともとほとんど無料で配っていた本です。だから私としては、たとえ代金を払ってもらえなくても送料の持ち出しくらいだしと、深く考えることもなく後払いで、すぐに送っていました。

ところが夫に「甘い考え」とバカにされたので、素直な私は、それからは売っている本屋さんを示し、「お送りする場合は先に代金のお振込みをお願いします」というような内容を含んだ手紙を、同じ文面で何通も頑張って手書きしたのです。

事務的なところは印刷で、お礼の気持ちだけ少し手書きというのなら良かったのに、全部手書きでは、受け取る方は自分だけに宛てられた気がしますよね。

でも三十数年前の当時は、今のように誰もがパソコンを使い印刷も気軽にという時代ではなかったので、手書きにするしかなかったのです。その私の至らない手書きに対して、大方の皆さんは、気持ちよく応じてくださったのですが、なかのおひとりだけ、

「代金を払うから送ってくださいと書いたのに、先に払えとは何事か？　今まで自費出版の人に送ってもらったときには、誰からもそんなことを言われたことはなかった」

とひどくお怒りでした。

お気を悪くされたなら、「じゃあもうそんな本いらないわ」ですむと思いきや、その方は「そんな対応をするあなた様がどんな方なのか、知りたいので、とくと、ご本を拝見したいと思います」と代金を払ってくださったのです。

「うわあ、大変」私もお詫びと代金のお礼と、いきさつを説明した手紙をつけて本をお送りしました。その後のやりとりは忘れましたが、お菓子など送ってくださったので、誤解は解けたようです。

話を戻しますが、「どなた様にも年賀状によるご挨拶は、これで最後とさせていただきます」と、印刷部分にあれば、自分だけではなく皆さんへのご挨拶と受け取ってもらえま

すね。

す。年賀状やめますだけではなく、皆さん何かと言いにくいことの言い訳には苦労されま

「文豪の言い訳」を取り上げた本もあります。

代金を立て替えたのに相手がすっかり忘れているのを請求したいけれど、みみっちいと思われたくないなどの気持ちがあって苦労する話とか。ほかにもいただいたお菓子があまりにも美味しくて、でも褒めすぎるとまた送ってほしいという請求になってしまうのではないかとか。実は、その本を読んだのですが、内容はほとんど忘れたけれど、文豪の手紙もお礼などはさすが、通り一遍ではなくうまい表現だなあとは思ったりしましたが、言い訳に関しては、どう言っても嫌味な気持ちが見えてしまうなあと……。

言いにくいことは、「言っても悪く思われないようにしよう」などと画策するより「悪く思われる覚悟」で単刀直入の言い方の方がいいのかもしれませんね。

なんて、言うは易し行うは難しですよね。

気になる言葉づかい

言葉づかいについて、「お」を付ける風潮に抵抗を持つ人がいることもわかります。世間で、ふつうに使われている「お受験」とか「おビール」といった言葉なども、変といえば変ですが、別に、その程度は個人の自由。

お酢、おリンゴ、おはし、お風呂なども、「お」をとっても全然かまわない。すっきりしているかもしれない。

でも、そこまで気になる？

町田康氏の「八つ」と題するエッセイが、あまりにも「お」に対してのこだわりがあることに、読んで笑ってしまった。

いやあ大変だ。内容はお八つの話なんですが、そのタイトルを「八つ」と表記する理由部分がおかしい。

町田氏は小四の頃から接頭語の「お」に疑問を持ち始めて、不惑の年に、ついに、付けるのをやめたらしい。「お茶」を「茶」、「お野菜」を「野菜」はいいけれど、「お台場」を「台場」、「おばけのQ太郎」は「ばけのQ太郎」、「おなか」は「なか」、「お好み焼き」を「好み焼き」は、どう考えても行き過ぎだから笑える。

だから「お八つ」も「八つ」だなんてね。

エッセイ用に面白く大げさに言っているのか、私には町田氏とのお付き合いがないから全然わからないけど……。本当に「御茶の水」を「茶の水」と話している?

私にだって、気になる言葉、使えない言葉はありますが、自分が嫌で使わないだけで、そのことで、ひとに怪訝に思われたりはしないのですよね。地味ですから。

使わないだけなら全然目立ちません。

町田氏のように「おなか」を「なか」と言ったりすれば「えっ、何のこと?」となりますが、今ふと気づきました。

「お」を付けたくないなら腹(はら)でいいのに。

やはりエッセイを面白くするために大げさにしていらっしゃるのですね。

ところで、私の使えない言葉は、いい意味で使う「こだわり」や「癒される」くらいが浮かびますが、ほかには一部の流行語があります。なかには軽々しく喜んで使う言葉もあるのに、その好き嫌いの線引きが自分でもわからない。

あとは難しい言葉などですね。

難しい言葉も、実は使いたいのです。

そう、私は不勉強で、語彙が少ないのが悩みの種。

時々語彙を増やすのに役立つような本を読んでみたりもしますが、一応意味がわかったくらいでは、身につかず、恥ずかしくて、とてもじゃないけど、使いこなせません。そんなおしゃれで素敵な言葉を突然使う似合わなさは、お化粧もせず、髪もぼさぼさで、素敵なお洋服を着るみたいなものなのですね。だから今さら無理とあきらめ気味です。

でも、そんな折、尊敬する先輩から教えてもらったからと、親しい後輩が「啓蒙」と「啓発」という言葉の違いについて教えてくれました。私など当然知らないだろうと察して……。確かに知りませんでした。もともと啓蒙といえば、啓蒙活動というような使い方を聞いたことがあるくらい、ましてや自分で使いこなす言葉ではなかったのですが、なるほどそういうニュアンスがあるのかとわかりました。

啓は、わからないことを教え導くという意味で、蒙は幼い子供や愚か者という意味があるので、啓蒙は上の立場の人が、下の立場の人に使う言葉なんだとか。一方、啓発の発は、はっきり理解させるという意味で、立場の違いはなく、加えて教わる側が学ぼうとしている意志をもっているという意味を含むのだそうです。

ということで、立場の違いのない啓発の方が、誰に対しても使いやすい言葉なのですね。後輩曰く、「そういえば、本屋さんに啓発本コーナーがあったわ、啓蒙ではなくね」。対する私は、「ありがとう。あなたは、私を啓発してくださったのね」。

名前の問題

好みは人それぞれなので、自分の子供に「どんな名前を付けようとかまわない」とは思う。そうは思いながらも、いつの頃からか増えてきたキラキラネームなどは、個人的にはあまり好みではないけれど……。でもまあ、ふつうに知らない人でも読める名前ならいい。それなら私のありふれ過ぎた恵子などという名よりはいいかもしれない。

ケイコと読む名も、今は付ける人もほとんどいないですね。だいたいが、子の付く名前自体が少ないけれど……。私の子供時代は、字はさまざまとしても、ケイコという名の多さは、うんざりするほどでした。中学のときもクラス五十人中六人くらいはケイコで、幼い頃の近所の遊び友だちも四人中二人がケイコ。少しお姉さんだった私はケイコさん、もう一人はケイコちゃんと呼び分けられていた気がします。

時が経ち、名前はどんなものでも自由かと思っていたなか、「悪魔」という名に「待った」がかかったと、マスコミでも話題になったことがありましたね。結局届けた人は、諦めたのか、違う漢字にしたのか、どうなったかは忘れましたが……。でも悪魔ちゃんという名を持つ子が誕生したとして、その名前だったがために悲劇的な人生になったかどうかはわかりません。そうでなくても、いじめに遭わないという保証もないし、とても可愛い名の子が親に虐待を受けていたニュースもよく聞くし。

もちろん常識的に考えて、悪魔という名がいいとは思えないけれど、読めない名前よりはましかも？　それに私とは正反対、まず、ほかにない名前だから印象に残り、人に覚えてもらいやすい。とはいえ、私自身は今子供が生まれたとしても、そんな突拍子もない名前を付ける気はさらさらないけれど、他人事として無責任に想像。

私がもしも悪魔という名の人に出会い、名刺をもらったら、

「えっ、悪魔さん？　珍しいお名前ですね」

「ええ、皆さんに言われますが、私の親は変わっていて、絶対にほかにはない名前を付けたかったらしくて。それなら、天使にしてくれても良かったけど。でも悪魔もかえって面白いかもと、開き直って改名もしないのです」

「そうだったのですね。悪魔さん」

以来お会いするたびに「悪魔さん、こんにちは」なんて。

そこまで親しい間柄でもないのに、姓ではなく下の名前で呼ぶことになったのでは？と考えたり……。

話が脱線しましたが、今は名前の漢字をどう読ませるかも自由なんですね。「読めない」

「読めない」と最近の人の名前を見て思っていましたが、まさかそこまで自由とは知りませんでした。

少し規制するという話が出ていましたが、「太郎」と書いて「じろう」と読ませたり、「高し」と書いて「ひくし」と読ませたりのように、まるで読みと漢字の意味が違うのはダメだというルールにしようということのようです。

えっ、本当に今までは、そんなに自由だったのですか？

そんな有り得ない読みが通用していたということ？

だったら私の恵子もルリコとかサユリと読ませても良かったということ？

びっくりびっくりです。

本はアドバイザー

「最近購入した本の一冊です。私に必要だわ」

とのコメントつきで友人から本の写真がラインで送られてきた。タイトルは『ゆるませ養生』。帯には「頑張り方は知っているけど休み方は知らないあなたへ」とあって、確かにそう、彼女にピッタリの本だなあと納得。

何年か前に大病を患い無理はできない体なのに、介護ヘルパーさんの助けを借りながらではあるけど、九十歳にもなられるお母さまのお世話から近くに住むお孫さんたちのお世話まで、何から何まで頑張って、毎日疲れ果てている。休み方を知らないのは本当に彼女のこと。

休み方しか知らない私には、全く不必要な本だとは思うものの、私も似たコンセプトの本を買ったばかりだった。

タイトルは『放っておく力』。

帯には「いちいち気にしない、反応しない、関わらない」とある。

たいして頑張っていなくても、私にも、やはり多少の罪悪感はある。だから本に「これでいいのだ」と言ってもらいたくて、頼る気持ちだったのかも……。加えて、自分はともかく、頑張りすぎている後輩のYさんのためにもなりそうとの思いも……。彼女は、とにかく責任感が強すぎる。グループで何かをするにも、やる人がいなければ結局彼女がやってしまう。体をこわすほどボロボロになっても、やれる限りやってしまう。

「みんなが、やらないなら、私もやらない、やれないで済ませればいい」と私は彼女にいつも言っているけれど、落ちこぼれ先輩からの助言では効果はなさそう。

本に言ってもらえば、少しはその気になるかもしれない。ならないかもしれないけど、とにかく私は精神面で、励みになるような本を買うのがけっこう好きです。断捨離系の本は断捨離という言葉がはやる以前からずいぶん買ってきました。

最近購入の一冊、石坂京子著『人生が変わる紙片づけ』の帯のコピー、「大事そうだから捨てられない、でも肝心な時に見つからない」は、まさに私のいつもの言葉、いつもの気持ちそのもの。

でも内容はといえば、私には実行の面倒そうな助言が多く、結局いちばん気に入ったのはこの帯のコピーだったというわけ。肝心の本文では「自分が素敵に撮れている写真は残す」の箇所に大笑いしたくらい。

つくづく、私が本に求めるのは、実際の方法などではないのだと思いました。

新聞下欄の本の広告も好きです。ちょっとしたヒントを本に求める私には、とてもありがたい。ある日は南直哉著『「前向きに生きる」ことに疲れたら読む本』、そのなかの「置かれた場所で咲けなくていい」などは、私にとっては、特に嬉しいアドバイス。

というのも、もともとは「置かれた場所で咲きなさい」という素敵な言葉があって、シスターの渡辺和子さんがご自分の著書で紹介して以来、勇気づけられる言葉として、あまりに有名になっていましたが、いい話に素直になれない私としては、反対の言葉につい喜んでしまったというわけ。

それにしても本の宣伝なのに、こんなにもいい部分を紹介してしまってもいいの？　私には、それで十分で、もう買わなくてもいいくらいなので……。

ちなみにこの本の隣には中野信子著『世界の「頭のいい人」がやっていることを1冊にまとめてみた』という正反対っぽい本が紹介されていた。

ついでにいうと、週刊誌の広告も楽しい。見出しだけで、ほぼだいたいのことがわかるとまではいかないが、どんな噂があるのかくらいはわかる。あくまでも噂で、買って読むとたいしたことは書いてなかったりするから、嘘か大袈裟か誠か？などと、買わずに想像している方がいい。

でも小説などは、見出しだけでは済まないですけどね。

今日もデカデカと広告が……。和田秀樹著『80歳の壁』と、その隣には、『80歳の壁』と一緒に読む本として新刊『70歳の正解』が……。ここにもヒントがいっぱい紹介されていた。そのなかの「夫婦で三度食事をするストレスたるや」には笑った。思い当たる人、多いでしょうね。

さてさて、こんな私の何かにつけいいかげんなところも、頑張りすぎる方にとって、少しはお役に立てるといいのですが……。

おにぎりの美味しさ

炭水化物は控えなきゃと、普段はなるべくご飯やパンなど食べすぎないように気をつけているけれど、この時だけは別。

実は、一か月か二か月に一度、娘や孫の顔を見に横浜に行くのですが、その時の楽しみの一つが、帰りの新横浜での新幹線待ちのひとときに駅構内にあるおにぎり屋さんでおにぎりを買って、新幹線内の席で、何も考えずひたすら食べることなのです。

おにぎりは、たまにコンビニで買うことはあるけれど、専門店としては、この駅構内で買ったのが初めてで、それは何年ぐらい前だったのかは忘れましたが、なんともまあ、どんなごちそうよりも美味しく感じられたのです。専門店のおにぎりはこんなにも美味しいのかと感激しました。

いいえ、専門店といっても、たぶんいろいろでしょうから、そこのおにぎりの美味しさに目覚めたということです。以来、事情が許す限り、帰りはおにぎりを買い、新幹線内で食べるというのが、ルーティンになっているのです。

でも、めちゃくちゃ美味しいとはいっても、お腹がいっぱいでは、美味しさは半減なので美味しく味わえる状態にしなければならず、それがけっこう大変。娘宅を何時に出てとかその後新横浜に何時に着いて、どの時間の新幹線に乗るといいのか。新横浜でふらつく時間はどれくらい？　ちょっとしたお土産用お菓子などを物色するのに何分かかるかとか。

いろいろ考えた末、十四時少し前の新幹線が良いとなった。そのくらいの時間がお腹のすき具合も、ペコペコで美味しく味わえそうなので……。買うのはなるべく直前がいいけれど、あまりにぎりぎりで乗り遅れてもいけないので十三時二十分くらいかしら。

とにかくおにぎりのために、ものすごく予定を調節しているのには、我ながらあきれるし、ようやく買ったおにぎりの値段に、これまた不思議な気持ちになります。こんなに頑張って楽しみにしているのに、今回も払った金額が、三個で六百円にもならない。値段と満足度が全然釣り合っていない。

ところで最初にそのお店で、美味しさに感激したおにぎりは、実は明太子だったのですが、明太子の分量も具としての入り方もぴったりで絶妙な塩加減。それで、一個二百円だなんて……。

こんなにも美味しいから、それこそ十個でも買って食べたいけれど、一個がとても大きくて、一個だけでも満足できそうだし、頑張っても二個しか食べられない。一個半でほどよく満腹。でも三個買ったのは、なんとなくです。明太子は生なので余分には買えず、残ってもいいように、あとは、ちょっと持ちそうなのを二個にしました。ちなみにゴマ高菜百五十円と紫蘇ちりめん百九十円で、それらも十分美味しかったのですが、持ち帰ると味は少し落ちますね。

値段が満足度と釣り合わないと言いましたが、いくらまでなら、このおにぎりに払えるのかと考えてみました。まあ三個で二千円くらいなら、払うかもしれないなと……。

美味しいけれど、やはりそれ以上は無理かしら。

値段とは、味の満足度だけではないのですものね。

素敵な場所でゆったり優雅に過ごさせてもらえて、そのおにぎりと美味しいお茶を出してもらえるなら、五千円でもいいかもしれない。

いやあ、やっぱりそれも違いますね。

おにぎりって、私にとっては、お腹ペコペコで、新幹線の中で味わうのがやはり、一番なのです。

だから、もし、お腹をペコペコにして、その気満々で買おうとしたのに、何故かその日は三個で二千円になっていたとしたら？

たぶん、「えっ、何で突然高いのよ？」と内心怒りながらも、買ってしまうのでしょうね。

そんな感じです。

ワンコイン小包（エキスポパック）覚えています？

郵便局のレターパック（プラスとライト）の前身であるワンコイン小包のことを覚えている方はいらっしゃいますか？

専用の封筒を買っておけば、嵩の小さな物ならそれに入れてポストに投函するだけでいいというその仕組みは、今でこそレターパックも浸透して当たり前の感覚ですが、当時としては画期的なサービスでした。

値段も五百円と手頃なのに、翌日配達されるという速さも見事。

私も喜んで使っていましたが、条件として、たとえば「危険物を入れない」などといった当たり前のことがいくつか列挙されるなかに、ひとつ、気にすべき重量制限がありましたが、それがまた大らかすぎて笑ってしまったのです。

あまりに面白くて、当時エッセイにも書いたので、覚えているのですが、それは二〇〇五年、今から二十年も前のことです。

重量制限が、何と三十キロだったのです。どうやったらあの大きさ（小ささ）の封筒に三十キロを超えるものを入れられるのか、どう考えても思いつきません。鉄みたいに重そうなものでも、あの封筒にそんな量が入るわけはないのに。

けれど、これも不思議なのですが、私のように、疑問というのか突っ込みを入れる人に出会うこともなく、お笑いの人がネタにするのも聞いたことがなく、「あんな条件は何故入れたの？」と、当時は、ひとりで不思議がっていたのです。

時は流れ、いつの間にかそれに代わるレターパックができましたが、「重量制限四キロ」となっているのを見て、「やっぱり、これがふつうよね」と思いながら、またも、あの過去の重量制限三十キロには「どんな意味があったのか」との疑問がムクムク。

もしかして、「重量制限は無し」という意味だった？

ただ、無しとするのでは、面白くないから、無しとする代わりに三十キロとしたのかしら。未だに謎のままです。

まあ、それはともかくとして、郵便局の今のレターパックの存在もとても重宝しています。嵩の小さな物には、本当に便利。皆さんもお使いだと思いますが……。

最初は五百円と三百五十円で始まった気がしますが、最近は値段がコロコロ変わって、落ち着かないですね。専用の封筒を買い置きしておいても、使う時には値段が大丈夫かと不安になります。

ちなみに二〇二四年十月からレターパックプラスは六百円、ライトは四百三十円になりました。この先もいつ変わるかは油断できません。重量制限はどちらも四キロ以内ですが、ライトの方は厚みが三センチ以内なので、そこは神経を使います。

真ん中あたりが少し膨れていたりすると「厚みがうまく測れないし」と思っていたら、「厚みの測れる穴の開いた下敷きみたいなプラスチックが百円ショップで売られていた」と友人からプレゼントされました。二センチとか三センチの幅の穴があり、そこを通してみればいいので、これは助かります。

ところで、私は自分の本を送るのに三十年も前は、封筒に入れ、上部を少し切って、開封の書籍扱いにしていましたが、何年か前からはスマートレターの存在を知り、一冊ならそれで送っています。レターパックの封筒のちょうど半分の大きさで当時は百八十円（今は二百十円）という安さ、まあ、厚みは二センチ以内と厳しいけれど……。

とはいえ、こんなに便利なのに私がその存在を知ったのは、レターパックなどを使いこなすようになってずいぶん経ってからですし、いまだにご存じない方もいらっしゃいます。何故か宣伝が行き届いてないみたい。

ところで、私はレターパックとスマートレターの違いは、封筒の大きさと、値段に加えて、厚みや重さの制限だけだと、思っていたのですが、大きく違うのは配達の速度だっ

30kg

たというけっこう重要なことを、つい最近知ったのです。

レターパックプラスは翌日配達で、ライトはその半日遅れくらいですが、スマートレターは普通郵便と同じ扱い、土日は配達されないので、金曜投函ではずいぶん遅くなります。となると、スマートレターは安いけれど、条件はかなり悪い。厚みも二センチ以内ですしね。

これからは速さも考慮して、小さいものでもどちらを選ぶか考えなければ……。

電報がなくなる？

電報がなくなる日も近いのだそうですね。

言われてみれば、確かに、要らないかも……。

急ぎの連絡手段なら電話もスマホもメールもあるし、今や電報に頼る必要は全然ない。

「今の利用は慶弔くらい」と聞けば、私もそんな時くらいしか電報の存在を思い出さないし、「そうよね」と納得。

お祝い事に、きれいなお花付きの電報を贈ったりすれば、いち早くのプレゼントとしての意味があり、ただのメールを送るよりは心がこもっているけれど、それだって、荷物も早く届くこの頃では、あまり必要性が感じられなくなっている。

やはり電報の生き残る道はないのかも……。

弔電くらいは、まだあってもいいかもしれないけれど……。

電報といえば、チチキトクなどの文面が浮かびますが、昔は、電報は、そんな緊急時の知らせに使われたものです。

その文字通りの「チチキトク」の電報を、母が受け取ったときのことです。

七十年くらいも前の話ですが、昼食のうどんを食べながら泣いていた母の姿は今でも心に残っています。

幼い頃の記憶はほとんどない私ですが、何故か、その場面は鮮明に憶えています。母が泣いていたということが、幼い私にはショックだったからかもしれません。

でも、この年になって、つくづく思うのは、私が全面的に頼りにしていた母でしたが、子育て中の母は、実はまだほとんど子供だったということです。

もちろん一応は成人した大人ではあっても、十八歳で私を産んだ母は、私が五歳くらいの頃なんてまだ二十三歳、今の私にとっては孫でもいい年齢（私の孫はまだ成人していないけど）。私が十歳くらいでもまだ二十代。

おまけに今と違いネットもないし、何でも検索でわかるわけじゃなし、本当に訳のわからないなか、手探りで親をやっていたのだとわかります。それなのに、私にとっては絶対的に頼りなる存在だったから、そんな母が泣くのが私には想定外だったのでしょうね。

電報の話から、久しぶりに昔のことを思い出しました。

悩みもいろいろ

悩みって、本当に、人それぞれ。

同じ状態でも、悩みに思う人もいれば、喜びに感じる人もいて、相対的なことが多く、期待度によっても変わってきますね。

私の足のサイズの悩み、つまり大きすぎるという不便さは、ふつうではなく少数派という問題が大きかったけれど、最近ではずいぶんましになってきました。標準とはいかないけれど、それでも大足の人が増え、大きいサイズの人コーナーがありますから。

とはいうものの、そりゃあ、ふつうのサイズのお店ほど素敵なデザインの靴が揃っているわけじゃなし、やっぱり私にとっては、ふつうのお店で見本に出ている靴がどれもサッと入る二十三センチなんてサイズは憧れです。

奥に探しに行ってもらっても、「申し訳ありません。デザイン違いのこちらなら」なんて、ダサい靴を持ってこられるのが当たり前の身には、まぶしい存在でした。

でも幸い、今の私は、靴には、おしゃれ度より履きやすさ、歩きやすさ優先です。素敵なハイヒールなんて無縁で、ひと様のを拝見するだけ。そんなカッコよさより安全第一の私には、同年代以上の人のハイヒール姿は羨ましさよりも危なかしさ、痛々しさを感じてしまいます。

まあ、前田美波里さんあたりなら相当なお年でもカッコよさもあり、大丈夫そうですが……。

そうそう、悩みも人それぞれという話に戻りますが、以前見た女優の秋本奈緒美さんのトーク番組でのコメントにはびっくり。「やせ我慢」というようなお題に対してでしたが、「二十五センチ」との答え。何がかといえば、スニーカーのサイズとのこと。

それのどこがやせ我慢？　ふつうに考えれば、本当は二十六センチなのに頑張って、痛くても二十五センチを履くということ？　と思いきや、実は自分のサイズは二十三センチなのに、いろいろ詰め物などして二十五センチに見せているのだとか……。

「えっ、そんなあ、信じられない！」憧れの理想サイズなのに……。

確かに二十一センチなど小さすぎる人の苦労はわかります。少数派ということでは、大きかろうが、小さかろうが同じなので……。

でも二十三センチが何故ダメ？

秋本さん曰く、「二十三センチでは小さすぎて、足元の安定が悪く、よく転んでしまう」のだとか。体のバランスがとれないって、そんなに大きい人に思えないけれど、背が高いのかしら？　カメラが写したその日の靴はパンプスでしたが、かかとが少しブカブカ。なるほどピッタリではない。「今日のは、二十四・五センチです」って。

靴のサイズ二十三センチに悩みがあったなんて、新鮮な驚きでした。

それは私には本当に不思議な悩みでしたが、ある日のこと、最近知り合った四十代の可愛い女性が、私の脱いだ靴を見て、

「あらあ、恵子さんの靴大きいですよね。何センチですか？」と明るい声で訊くのです。何てことを、コンプレックスなのに……。でも、あまりに悪気ない様子に、訊けば、大きい足に憧れているのだとか。

そういう人が現実に身近にいたことにも驚きました。

「手も足も小さくて、手は一オクターブも届かないし、大きい人はいいなあと思って羨ましくって」と、心から思っているような口ぶりに、私も大きいことがいいことのように、

一瞬思えたりして……。

ところが、何と、最近読んだ女優の岸惠子さんの自伝にもあったのです。足が身長に比べて二十一センチと極端に小さいということでの驚きのできごとが……。

二十四歳の若さで夫となるイブ・シャンピさんのもとへと、単身パリに渡ったのですが、もちろん信じられないようなすごいドラマが多々あるなかでは、これは、小さなエピソードかもしれないけれど、足の小ささで、これほど嫌な目に遭われるとは……。

到着後まもなくのこと、パリの有名な靴屋さんでオーダーしようと店に入ったら、足元を見た女店主に、

「そんな小さい靴は作れませんよ。小さすぎてバランスがとれない。子供の靴屋に行くか、いっそ、植民地に帰るんですね」と言われたなんて……。

人種差別的な意味もあったかもしれないけれど、本当にひどい話。

こんなエピソードだけを取り上げてしまいましたが、『岸惠子自伝』は、とても興味深い本です。

八十代になられてもなお、知性的な美しさで輝き続けていらっしゃる岸惠子さんですが、一般に知られている岸惠子像からは想像もできない波乱万丈な人生、それを逞しく乗り越えていらしたのです。

悩みの多い方は、ご一読いかがですか？
ご自分の悩みが小さく思えるかもしれません。

II 何とかしてほしい話

セルフレジは嫌だあ

「嫌だなあ、何だかセルフレジが増えてきた」

とはいえ、まだ有人レジと両方あるところが多いから、たくさん並んでいて時間がかかろうと、迷わず有人レジへという選択肢があったのに……。

えっ、なんということ！

困ったことに、この頃は有無を言わせず、セルフレジだけのお店の波が押し寄せてきている。まあ、一応係の人がいて、教えてはくれるが、最初のだいたいの操作だけで、「はい、あとはできるでしょ」という感じで場を離れてしまう。

ところが、簡単そうに見えて、慣れないと、バーコードをピッと反応させるのも意外に難しい。あるお店では「反応しないなあ」と何度も試みていたら、突然一つの商品に二つもついてしまって、「きゃあ」と、慌てて店員さんを呼んで取り消してもらうはめに……。

ほかにも、バーコードのある場所が見つからず、まごまごしていると、時間がかかり過ぎたということで、自動的に機械が店員さんを呼んだりして……。

実は、そのお店は百円ショップだったので、三千円以上も買った私は、品数も多く、結局一回の会計操作中に五回も店員さんを呼ぶことに……。

「高齢者は迷惑だわあ」と思われていたに違いない。

どうせ迷惑をかけるなら「最後までついていてください。後期高齢者なので」とお願いした方が良かったかも……なんて思っていたけれど……。

先日の量販店では、大物の引き出し式衣装ケースを三個とキッチンワゴンと、小物のスプーンやフォークなどを台車に乗せ、さてレジへと向かえば、ここもセルフレジしかない。

教えるために、ついてくれた店員さんは、最初のやり方だけ示して、私にやれと……。やはり反応のさせ方がうまくいかない。再度尋ねると、握っているピストルみたいな物の「スイッチを入れると光が出て、その光をバーコードに当てる」のだと……。

そして、最後の台車に乗せてある大物の引き出しケースやキッチンワゴンには、そこまでコードを伸ばしてピピっと反応させてくれた。

「わあ、ようやくできた！」

大仕事を終えた満足感で、荷物の乗った台車を「よいしょ」と動かし、帰りかけたら、「まだ、代金を払ってもらわなきゃ」と、先ほどから面倒を見てくれていた店員さんに声をかけられた。

「えっ?」

指さされた画面を見ると「支払方法は?」と出ていた。

おお、恥ずかしい。会計は済んでいなかったのだ。

もうすべて終わった気でいたのに……。レジに戻り、クレジットカード払いを選びカードをタッチして、ようやく終わった。

やっぱり失敗する。

セルフレジは嫌だなあ。

運転は得意ではないけど

運転が得意ではないうえに高齢者となれば、「免許返上しろ」と言われそうですが、いえいえ、まだ返上はできません。

それに、そんじょそこらの無謀運転の若者よりは、数倍ましな運転だと自負しています。

自分を過信せず、運転するのは、近所のスーパーと慣れたデパートくらいで、あとは公共交通機関かタクシーにしていますしね。

加えて、家族以外の他人を乗せたりはしないし、「自分は大丈夫」とは思っても、踏み間違い時に止まる仕様の車にするなど、できる限りの対策はしているのでご安心を……。

私が特に苦手なのはバックです。まっすぐに下がれない。でも大丈夫。最近はバックモニターがあるから駐車も楽々できてしまいます。とはいえ、少し斜めになってしまうことはよくありますが、ほかにも斜めになっている車をよく見かけるので、まあ、下手なのは私だけじゃないなと笑ってしまいます。

運転は得意じゃないから、変な運転の車には出会いたくないのに、こんなこともありました。

少し大きな道路に出るための信号待ちをしていたときですが、私の前で待っていた車が突然バックしてきたのです。行き過ぎたから少し下がっているのかと思ったら、ウソのようにどんどん下がってくるので、「えっ、何この車」、危険を感じて思わずクラクションを……。

ふつうはぶつけるほど下がるわけはないが、相手の気持ちはわからない。コンビニに突っ込む車も多いし……。まあ、ゆるゆる下がっていたのだから、踏み間違いではないにしても怖いわよ。

すると、その車は、窓を開けて手で「来い来い」の合図。

どういうこと？

ふと、その手の方向を見ると、前方横の駐車場から車が出てきた。

何ということ、信号待ちの間に、自分の車の前に入れてあげようと下がったということでした。私の後ろには車がいなかったので、私も少し下がってあげましたが……。

気持ちとしては、「親切もいいけれど、びっくりさせないでほしい」。

自分の車の後ろに車がいなければ、親切も自由ですが、事情もわからない車が後ろにいたら親切もあきらめるのが大人の対応なんじゃないかと……。

運転は苦手でも日々いろいろなことをクリアしながら無事に過ごしています。

運転のマナー

運転にもマナーがあるとつくづく思います。

私が運転をしていて、ガックリ来るのは、右折時に多いのですが、対向直進車のマナー違反です。何せ高齢者ですから運転は謙虚、無理はしない。ギリギリ行けそうだとは思っても、ここは我慢して、間の少し空いた直進車をやりすごそうとしていると、その車が交差点直前になって左折ウインカーを出したりすることがある。

「もう！　だったら悠々に行けたじゃないの」

これは絶対にマナー違反ですよね。このように私自身は、右折時は謙虚にをモットーとはしていますが、片側一車線の場合、自分だけなら、いくら待っていてもいいけれど、後続の直進車を私のせいで、ずっと待たせてしまうと思うと、やはり、ギリギリでも何とか行こうという気になってしまう。

相手の直進車だって事情はわかるはずだから多少のこと、ほんの少しくらいスピードをゆるめてくれてもいいと思う。ところが、「絶対に行くなよ」という感じでパッシングしながら来る車もある。反面、こちらはあきらめて待っていると、今度は「行ってもいいよ」と停まって行かせてくれる親切な車も……。その合図が同じパッシング。

車同士でおしゃべりはできないけれど、自然にコミュニケーション用の合図ができてきているのですね。お礼の合図としては、ハザードランプの点滅があり、私も親切にされたときにはそれを使おうと思うけど、これがけっこう難しい。入れてもらうときにはこちらも運転に忙しく、それどころじゃないことも多い。だいたいがハザードランプの位置がわかりにくい。ハンドルにでも付いていればいいけれど……。運転の苦手な私が探そうとよそ見をするのは危ない。かといって、あまり遅れてからパカパカしてもお礼とわかってもらえないかもしれないし……。「ありがとう」という旗でも出るスイッチがあればいいのに。もちろん押しやすいところに。

ついでに言うと「青になりましたよ」と教える旗もほしい。赤信号から青になっても前の車が気づかないことが本当に多くて……。特に矢印信号の場合、出方が信号によって不規則なので、慣れていない人には、どのタイミングで自分の矢印が青になるのかの予想がつきにくく、うっかりしやすいのですが、まあそれはいいとして、教えたいのに私のクラクションは軽く叩く感じでは鳴らない。しっかり押すと「ブーッ」と、必要以上に大きな音が出てしまうので怖くて押せない。「教えてくれてありがとう」と思う人ならいいけれど、「よくも鳴らしたな！」って、恨まれて、絡まれたりしたら大変ですし……。

そういえば、旗ではだめですね、後ろからだから。音声で「青になりましたよ」と言ってもらいましょうか。

ほかにも運転をしているといろいろ思う。信号待ちのときに横のお店の駐車場から出ようとする車に気づいたときも、状況によるけれど、結果的には、入れてもらう気満々で、すぐに入れそうなくらい出てきている車は入れてあげるけど、遠慮して、しっかり待つ場所にいる車の場合は、時間がかかりそうなので、こちらも行ってしまう。

そして、自分もお礼の合図に苦労しているのに、反対の場合、「えっ、入れてあげたのに知らんぷり?」なんて思ってしまうから、「私も心が狭いわ」と反省。

人への親切は見返りを求めちゃいけませんね。

賞味期限、消費期限

皆さんは当日に食べきれなかった上等でとっても美味しい生ケーキが残ったとき、翌日には捨ててしまいますか?

私ですか? もちろん捨てずに食べています。翌日どころか三日間くらいは平気で食べています。確かに美味しさの点では生クリームなど固くなったりはするけど、たいていのお店が賞味ではなく消費期限を保証してくれるのは当日だけなのです。私の希望としては、賞味期限は当日としても、消費期限は三日間くらいにしてもらえるといいなあと……。

しかし、悲しいかな、お店側としては、そんな保証はしたくてもできない。いったんお店から出たケーキは、どんな扱いをされるかわからない。万が一の食中毒などが心配なのです。こんなこともありました。親しいケーキ屋さんでアップルパイを買いながら「一週間くらいは大丈夫よね」と言う私に「いいと思いますよ」と答えながら、「そういえば、食べきれなくて、もったいなかったけど、翌日処分したというお客さんがいらして」と、とても残念そうな口ぶり。内心の「十分美味しいのに」の気持ちが伝わりました。

レストランや和食のお店でも、食べきれず、持ち帰りたいと言っても、断られることが多いですね。だから残すことが予想できるときは、タッパーなどこっそり用意したりします。私たちは経験で食べられるかどうかわかる。そう、自己責任で決めればいいのです。

あっ、私も身を守らなきゃ。付け加えますね。「これは個人の感想です」

焼き菓子などにも賞味期限がついています。それも最近は、個包装のひとつひとつに丁寧につけてあるから、うっかり、期限切れをひとさまにあげたりしたら大変と、神経を使います。

特に三か月くらい日持ちのするお菓子は要注意、持つからと油断していると、三か月は意外に短い。あっという間に期限切れ、先日も手伝いに来てくれた若い人に、帰りに渡そうと、こんなときのためにと、買い置きの美味しい焼き菓子を袋に数個入れようとして、「えっ、ウソ!」前日で期限が切れていました。しかたなくほかのお菓子にしましたが、その期限切れの方がずっと上等で美味しいのに。

一日くらいのことは期限内と変わらないけれど、間に合ったとしてもあまりにもギリギリでは、やはり期限切れと印象はあまり変わらない。期限表示の威力はすごい。そんなのをもらう気持ちは、「もらわない方がまし、見下しているの？　要らないからくれたんだ」と、誤解されそう。

「大事にとっておいた」なんて、わかってもらえない。かくして、またも私しか食べられないお菓子の在庫が増えるのです。だいたいが、それ以前の期限切れで私しか食べられないお菓子はすでに、いっぱいあったけれど、いざというときのために、新たに買い置きしたものだったのに……。

でも、簡単には手に入らない条件下では、期限切れでも有難がられますね。昔ドイツで暮らしていた友人が当時を振り返って、「上司の奥様が羊羹を出してくださったことがあって、それは何年も前のだったけど、貴重な感じだったし、美味しかったわ」と話してくれました。今は贅沢な時代なので、期限切れ、即廃棄を当然と思う人が多いのでしょうね。

我が家は、豆腐も期限切れ後二日か三日のは茹でて食べています。私だって期限切れを好んで食べるわけではないけれど、信じられないほど日にちは経つのが早く、昨日買ったばかりだと思うのに、もう五日も経っているとか……。

これも老化のせい？　日にちの経つ速度が若い頃と違って早すぎます。誰かブレーキかけてえ。

話が戻りますが、これだけ期限を気にする人が多く、個包装の小さな一個それぞれにもご丁寧に期限が書いてあったりする半面、お遣い物の立派な箱の包装紙の底側に原材料名やその他すべての情報が記されているラベルが貼ってあり、賞味期限もそこにあったりします。それはいいとして、問題は、賞味期限が、ほかには中の箱にもその中の個包装のどれにも書かれていないこと。これは本当に困ります。でもそのパターンもけっこうあるのです。夫など、包装紙はあっという間に破り捨ててしまうので、あとになって、私が気づいたときには、何もわからない。夫と二人暮らし、お菓子も期限とにらめっこ。早めにお裾分けするにも期限がわからなきゃね。

今は期限重視の時代なので、包装紙にしか期限など書かれていない場合は、「包装紙を捨てるな危険！」のシールでも貼っておいてほしいわ。

お腹はゴミ箱？

「これは何だ？　これは何だ？」

わあ、大変、夫が冷蔵庫の奥の方から次々と、いろいろ引っ張り出している。冷蔵庫整理を始めたのです。いつまでも日持ちしそうなピクルスの瓶詰めとかドレッシングなどは、夫の買ったもの。途中から古そうで食べる気がしないのに、私が買ったものではないから、捨て時が難しい。そんなものは有難く捨てることに。

けれど、こっそり自分のために買っておいたお菓子なども出てきて、隠すというと人聞きが悪いけれど、夫は、体のために甘いものをやめているので、目に触れては気の毒という思いやりからです。念のため。

それらが全部白日の下にさらされたという感じ。

賞味期限の切れたトマトゼリー一個、お中元にいただいた物のうっかり残りです。ぴっちりパックされているのに、期限が短く八月何日だなんて信じられない。ちなみに時は十月。確か一個五百円くらいもする上等な物だと思うと、捨てるのもねえ。蓋をとって様子をみると、全然どうってことなく食べられそうな色艶。食べてみる。本当に、どうってことなく、味も変わらない。でも食べる気分は、あまり良くない。食べられるのだから、期限を十二月にしておいてくれたら、気持ちよく食べられたのに……。ふつうの人はたぶん食べないと思うけれど、私って、けっこう勇気ある。

同じくパック物のぜんざいも期限切れ、これは九月だからまだ大したことはない。味をみたらけっこういける。自分で買ったのに、安物で期待してなかったうえ、日持ちがするとの油断から遅れたのです。これも食べかけたらやめられない。実は、優雅ではないけれど、この味の方が、高価なトマトゼリーより好き。もっと早く食べればよかった。

ほかにもチョコミルフィーユも食べた。期限は書いてないが、覚えていないほど古い。

あとは、これは前日に買って、あまりに大きかったから残しておいたどら焼き半分。

夕食後それだけのものを一度に食べてしまった。

最近、空気チョコという名の中がスカスカのチョコを買って、カロリーが少ないと喜んでいた私がです。

私のお腹はゴミ箱かい？

でもこれって私だけじゃないのかも……。

捨てるのはもったいないからと、自分のお腹に入れる人。

その人の名は「先生、先生、それは、せんせい～♪」と、歌うと、昔の森昌子さんになってしまいますね。

その人の名は、「主婦、主婦、それはしゅふ～です♪」

何となくお腹に入れれば、捨てている罪悪感はなくなる。でも美味しく思えなかったら、あるいは、気分良く食べられないなら、それは捨てているのと同じ、お腹をゴミ箱代わりにしているのです。

もったいないって、何がもったいないのかよく考えなきゃ。

甘いものを食べ過ぎて病気になったら、それこそもったいないのに……。

面白ＣＭ

「♫お宮参りの写真を知らない人に頼んだら僕の顔が大事故に。この写真が一生残る、この写真が一生残る♫」の歌と共に、パパの白目をむいている映像。

大事な写真はフォトスタジオでというＣＭですが、ずいぶん以前からやっていて、とても面白いとは思いながらも、当時でも「今のカメラ事情には合わない」と感じていた。知らない人に頼んでも、今のカメラは、すぐにどんなふうに映っているか確かめられるし、現実的じゃないなと。「知らない人に頼んだら、カメラ持ち逃げされて」ならあるかもしれないけど、なんて、勝手に考えたりしていた。

ところがそのＣＭは今でも放映され続けている。

最近のは「♪七五三の家族写真……」、今度は、ママの顔に髪がバッサリかかってしまう映像。「へえ、まだやっているんだ。現状とは合わなくても面白いから、続けてやろうとなったのかしら」と思っていたが、あらためて聞いていると、この七五三編の歌詞は、知らない人に頼んだとは言っていない。

「♪その日はあいにくの強風で、家族の髪が荒れ放題」

つまり外での撮影がいけなかった？

なるほど、外ではなく、スタジオで撮ってもらえば、こんなことにはならないという意味になるのですね。

それにしてもCMには長年続くような面白いものがありますね。樹木希林さんと岸本加世子さんの掛け合いの「美しい方はより美しく」「そうでない方はそれなりに」は、つくづく「うまいなあ」と、今でも楽しく思い出します。

もうひとつ、今度は食器用洗剤のCMの話、最初は「よくぞ言ってくださいました！」と大喜びしそうになりました。洗剤効果を信じ過ぎ、油汚れのひどいもののあとで、コップを洗ったりする夫に向けてもぴったりの言葉かと……。

「ダメダメ、先にコップ、次にお皿、ギトギトのフライパンは最後」

姉さんらしく弟たちをたしなめている言葉に「そうそう、そうなのよね」と思っていると、「姉ちゃん難しく考えない！　この泡にまかせちゃえばいい。フライパンの後でもキュッと落とす」ですって。

そんなあ、それじゃあ、夫の思うつぼじゃないの。

そんなことを言われても、私はギトギトのフライパンのあとのスポンジでコップを洗ってうまくいくとは、信じられない。

このCM自体は別に嫌いではないけれど、信じ切れない。ひどい油汚れに対しては、まずは紙などでふき取り、その後洗剤などで洗うのがいいと思っている。

でも、ある日気づきました。白い小さな文字での注意書きテロップがあることに……。

「すべての汚れを落とすわけではありません。油汚れが他にうつることもあります」ですって。やっぱり。「ダメダメ先にコップ……」のお姉さんの注意は正しかったのです。

いっそ、そこに、

「できれば先にコップが望ましいです」とまでつけ加えてくれたら笑ってしまうけど。

作家ではありません

本当に、こんなこと、わざわざ言うまでもないのですが、私は作家ではありません。

でも、たまに、「この人、作家なのよ」なんて言われたりするのです。言うのは、友人知人ですが、そして、もちろん冗談と言おうか、私への嫌がらせと言おうか、あるいは、からかいを込めてです。

冗談はいいのですが、知らない人に紹介されるときに、それを言われると本当に恥ずかしい。だって、知らない人は事情をご存じないから、一瞬、本気にされる。こちらはあわてて訂正しなければならない。

「エッセイスト」とも自分から名乗れない。そんなたいそうな仕事はしていないから。でもまだいい。一応エッセイなら書くので……。けれど、作家には、小説を書くというイメージがある。私は、どう転んでも小説など書けない。一つも書けないから、冗談にも「売れない作家です」とすら言えないのです。

書く気ももちろんないけれど、書く気になっても、小説は書けないと思い込んでいた。でも、先日たまたま読んでいた森村誠一著の短編集のなかの一つですが、書き出しの話題が私にピッタリ。その部分だけなら私にも書けそうな感じ。

年賀状談義だったのです。主人公の年賀状への気持ち、出したのに来ないとか出さないのに来て、それにはどう対処するのかなど、私がエッセイに書いているような年賀状にまつわる様々なことが主人公目線で書かれている。

その部分もけっこう興味深く、その一話の三分の一くらいを占めている。

「私にも書けそう」と言っても質は全然違いますけどね。質は悪くても、そこまでなら書けるとしても、やはり、そこからでした。そこからの発想が、なーるほど。こんな事件に発展していくのかと……。本当の面白さは、そこからでした。

誰だかわからない人とのやりとり、つまり、訊くに訊けず、なんとなく毎年わからないままに出している人がいて、すごく気になっていたが、ある年、亡くなった旨のハガキを息子から受け取る。仕事の関係でその住所に近いところに行く用があり、家を訪ねることになった。そこから意外な話に展開。名刺が重要な役割をすることで、名刺談義も出てくるけれど、それも面白い。

この小説、面白いと言いながらその一話もまだ終わりまで読んでいなくて、読むのが楽しみと思っていたのに、なぜかほかごとに取り紛れているうちに、本を失くしてしまいました。

片付けが悪いので、そんなことは日常茶飯事ですが、ちょっと残念。

とにかく私の結論として、小説は、誰にでも書けるものではないのですが、エッセイは誰にでも書けます。その気になれば……。

賢い通販利用とは？

通販では数えきれないほどの失敗を繰り返しているのに、またまた買いたいものが見つかりました。

「これはいい。これさえあれば、楽できる！」と、懲りない私が甘く期待した商品は、電動バスポリッシャーなるもの。長い柄が付き、ブラシ部分が電動なので、本当に楽そう。実は浴槽内の全体のザラザラをとる掃除はけっこう大変だったから、もう買う気満々状態でした。

でも、待て、待て、待て。

過去の数ある失敗例を思い出しましょう。

なかでも大失敗の電動爪削り器の話をしなければ……。

爪切り時の厄介ごとが、すべて解消されそうに思えてしまう巧みな宣伝に、

「うーん、ほしい」。

しかし、すぐには買わない賢さは一応ある。でも迷った末に、

「やっぱり、買っちゃおう」。

そして、届いて、嬉々として使った結果は、見事にハズレ！

「厄介ごとがすべて解消」だなんてとんでもない。

電動だから、「削るのも楽、やすりをかけなくても滑らかな仕上がりになる」と思い込んでいたが、どっこい、そうは問屋が卸さない。やってみたら、全然うまく削れない。何とか削れたと思えば、滑らかどころかギザギザ。セットで付いてきたかかとの角質削り器（電動やすり）は、けっこういい感じでしたが、本命の爪切りがこれでは、どうしようもない。

とりあえずクレームの電話をした。

「全然うまく削れないけれど、この商品だけが欠陥品なのか、全部こんなものなのか。かかと削りの方はいいのに」と言ったら、「申し訳ありません」と、そこまでは普通の対応。

しかし、後に続く言葉が信じられない内容。

「正直なところ、みな同じようなものかもしれません。うまく削れないというお声をよくいただきますので……」

そして、その後の「お客様のおっしゃるように、かかと削りの方が余程よく削れて、それで爪を切ったほうがましなくらいとおっしゃる方も……」の言葉に、私は思わず笑ってしまいました（心の中で）。

「ええっ、そんなこと言っちゃっていいの？」

びっくりです。応対は気さくな感じの女性でしたが……。

私が怖ぃクレーマーだったらどうするのよ。

「おらおらおらー、そんな欠陥品売っとっていいのかあ」ってどなられそう。怖くないことがバレていたのかしら。

結局爪削り器だけを新たに送ってもらいましたが、思った通り不具合程度は同じでした。ところが、後日ふとネットで電動爪削り器を六種ほど検証しているページを発見。それが驚きの結果だったのです。

私は自分の買った商品が特に悪いのかと思っていたのに、検証結果は全滅だったのです。全然削れなかったり、削れても爪一本一ミリ削るのに四分もかかったりなど。

「従来の爪切りに勝るものは一つもなかった」だなんて。

つくづく、買う前にネットで調べなければ！と、肝に銘じたことでした。

そうそう話を戻さねば……。買う気満々だった電動バスポリッシャーでしたが、今回は、そんなことも思い出し、注文の前に、調べてみたら、使う人によっては、いい面もいっぱいで、汚れも落ちるそうですが、「意外に重く、電動の力が強すぎて動かすのにも力がいる。体力のない高齢者には向かないのでは」の記述が……。

即、買う気がなくなりました。欲しかったのは、こする力が要らないと思ったからなのに、力が要るなら何にもならない。

「買う前にわかり、めでたしめでたし」のハズだったのに、びっくり！

ある日届いたのです。

そのバスポリッシャーが……。

何てこと、夫が注文していたとは？

「使いやすかった」と言うけれど、本人が試したのは届いた直後の一回だけ。

結局私には使いにくく、空しく浴室にぶら下がっているだけ。

これは夫もからんだことなので仕方がないとしても、その後も、まだまだ失敗はなくならない。

「買う前に調べる」という手順を忘れたりは、未だにしょっちゅう、本当に高齢者のもの忘れは恐るべしですね。

あっ、もう一つありました。

テレビ通販によくある「放送後三十分以内のご注文に限り」のお値打ち価格。相談や調べる暇を与えない作戦ですが、得をしようと焦る気持ちも要注意ですね。

あーあ、高齢者は大変、雨にも風にもコロナにも負けず、詐欺にも通販にも引っかからず逞しく生き抜かなきゃ。

どこか抜けている

今回は、我ながらすごく頑張ったと思っていた。

何をかといえば、立食ビュッフェを快適に過ごすための工夫。

立食でのビュッフェなんて、そんなに機会はないけれど、一年に一度くらいはあり、大きなバッグを持っている私は、食べ物を取りに行くのに、邪魔なバッグの置き場所にいつも困っていた。

小さいショルダーにでもすれば、ことは簡単ですが、それでは必要な物が入らない。大事な物が入っているから荷物置き場に置くのも心配。

以前「バッグは見ていてあげるから」という親切な友人の甘い言葉につられ、安心して食べ物を調達して戻ってみたら、バッグはポツンと椅子に置かれていたことがあった。友人たちは自分たちの食べ物を取りに行くのに夢中で、私のバッグのことなんかすっかり忘れてしまったよう。人を頼ってはいけないと反省。

そもそも立食の懇親会に大きなバッグを持っていくのが間違い。

今回は、小さなショルダーに大事な物を入れ、ほかのどうでもいい書類や、筆記具な

どは、大きなトートバッグに入れておくことにした。

さて当日、トートバッグを荷物置き場に置き、ショルダーだけを肩にかけ、「これなら楽だわ」。

食べ物を取りに行くときには、飲みかけの自分のグラスにカラークリップを留めて、わかりやすくした。準備万端、ビュッフェに関して本当に今回は完璧だと思っていた。友人たちもたぶんそう思ってくれたハズ。

ところが違った。

私って、どこか抜けている。

帰りに優しい先輩が車で送ってくださることになり、せめて駐車料金くらいは払いたいと、ショルダーから財布を出そうとしたら、

「えっ、ないないない！」スマホしか入っていない。

「うそうそ、なんで？」

一瞬青くなったが、何のことはない。トートバッグの中に入っていた。懇親会の受付で、代金を払うために出した財布を戻すとき、うっかりトートの方に入れてしまったのです。

ということは、懇親会の間じゅう、大事な財布の入ったトートバッグを荷物置き場に置き、何も入っていないショルダーを後生大事に抱え込んでいた？

「ありゃあ」

もちろん、そうそう誰かに盗まれたりの被害に遭うわけじゃないけれど、ああ、あまりにもバカバカしいお話でした。

だったら最初から

だったら最初から……に続く言葉は？

そう、……すればよかったですね。これは、そんな話です。

デパートの館をつなぐ連絡通路では、よく誰かとバッタリ会ったりします。それも楽しみといえば楽しみです。なかでもいちばんいいのは、自分もひとり、相手もひとり、そして双方とも急いでいない状況。約束する手間もなく、うまく出会って、お茶でもしながらおしゃべりできるのは嬉しい。

今回の話は、結果的にはそうなっておしゃべりもできたし、本当に久しぶりに会えて良かったというバッタリは果たしたのですが、最高の出来ではなかったのが悔しい。

何がって、会ってから別れるまでの流れが良くなかった。出会ったタイミングが悪かったのかもしれない。ちょうどその直前に、私は、カフェで遅いランチを済ませ、コーヒーまで飲んでしまっていた。それでも「お茶でも飲みましょうか?」とか「時間ある?」と訊けば良かったけれど、彼女ももう帰るところという雰囲気だったし、私も早く帰って、家のことをしなければという気もあった。

だったら、さっさと帰ればいいのに、お互いとにかくすごく久しぶり、近況など訊きあっているうちに、どんどん時間が経って、立話が長ーくなってしまった。

話し続けながらも内心、「こんなに長くなるなら、お茶でも飲めば良かった」と思ったけれど、もうほとんど終わりかけかなという感じで、今さら「お茶……」というのもと、そのまま話していたが、さらに何分も経ち、「しまった、あれからでもお茶すれば良かった」と思ってからもさらに数分、これ以上は立話も疲れたし、ようやく、「では、もう帰りましょうか」。

出会ってから三十分くらいも経っていました。

「こんなに話していたなら、お茶でも飲めば良かったわね」

「本当ね」

「今からでもやっぱりお茶飲みましょうか?」

「そうしましょう」

なんと、それからようやくカフェに入り、お茶を飲みながらさらに一時間ほど話して別れたのです。彼女は母方の従妹で同年代、大人になってからは、法事など以外では、ほとんど会わなかったけれど、子供のころは、よく泊まりに行ったりして、仲良く過ごした間柄、積もる話がありました。

それにしても「あの時点でお茶を飲めば良かった」と、あの時点がどんどん変わっても際限なくあの時点でとなっていくのは残念だった。時間が経てば経つほど「今さら」という気持ちが強くなるし、それを押してよくまあ、お茶が飲めたものだと、それは我ながら感心。

電話魔の知人を遠ざけたい？

ある日の読売新聞の人生案内「電話魔の知人を遠ざけたい」には笑った。いえ、笑い事じゃないですね。やっぱりその種の悩みはあるのよねえという気持ち。その相談者の迷惑電話の主は近所の知人。

「電話の件を除けば、明るくて悪い人じゃないが、毎日の一時間にも及ぶ長話には、もううんざり、同じ話の繰り返し、子供、孫の話や友人の愚痴など。スーパーでのあいさつ程度の仲になりたい。傷つけず遠ざける方法はないか」

ざっくり言えばこんな悩みでしたが……。

人が迷惑するほどの話好きの人は、確かに繰り返し同じ話をする。

私も面白い話など、うっかり誰に話したか忘れて、同じ話をしてしまうことは、あるけれど、それってけっこう恥ずかしい。だから指摘されれば、すぐにやめる。その失敗をさけるため、「この話したっけ?」とまず確かめたりもする。二度話すのを恐れるから、話し忘れている人もいて、「えっ、聞いてなかった」と言われることも、しばしば。

ところが、迷惑さんは、「その話は、すでに聞いた」と知らせるため、先回りして、「で、こうなったんでしょ」と続きを話しても全然動じない。「そうそう、そうなのよ」と恥ずかしがるどころか、嬉しそうにまだまだ続ける。面白い話がそうそう毎日一時間も二時間も話すほどあるはずないし、同じ話の繰り返しになるのも当然。

その回答ですが、

「番号表示されるようにして、その電話には出ないようにする」とか「五分後に出かけるとか来客があるなど時間を制限すれば良い」などでした。

私には幸い、そんな迷惑電話もないし、同じ話の繰り返しという人もいないけれど、それでもいったん電話で話しだしたら、すごく長くなってしまうのが困るということは多々あります。電話は長くなると疲れるし、お互いに楽しく話すにも長くても三十分以内がいいのでは……。

十分でもけっこういろいろおしゃべりできるし。最初から予定があるときは五分ならいいなどと伝えますが、そうでないとなかなか切るタイミングが難しい。そばにタイマーを置き、十分など好きな時間をセットして鳴るようにしたらいいんじゃないかと、まだ試していないけど考えています。

長電話は別に嫌いではないけれど、夜寝る前の場合は、睡眠にひびくとわかったので、あまりしないように心掛けてはいます。長電話も料金が高ければ、あまりしないけれど、幸いというのか、困ったことというのか、かけ放題が多くなり、好きなだけ楽しめますね。

だからこそ、相手がそろそろ切りたがっているサインは見逃さないようにしなければ……。たとえば、話の切りができた一瞬の後も相手が話し続ければ大丈夫。でも、自分ばかりが話し続けているなら要注意。

相手の方にとっての遠ざけたい知人になってしまわないように……。

試したいけど、試せないこと

「もう年だからいくら食べても太れないわよ」

八十代の叔母たちからは言われますが、どうしてどうして、私は七十七歳になっても今の少し太めの体重を維持するのも大変。

若い頃の健康体重より二キロ増くらいが今の私の目標なのに、それより二キロも多い。それくらいはまあいいかと許しているが、若い頃よりは四キロも多い。だから、ふつうに自分の食べたい欲求に従っていたら、どんどん増えるのは間違いない。

「そんなに太って見えませんよ」と言ってもらえたりもするけれど、そのすごく太っては見えないちょい太目を維持するのも大変なんです。でも、太るのは何が嫌かって、最近お腹の肉ばかり増えていくこと。体にも悪そう。確かに年も年だから、もう見栄えより食欲を満たすのもいいけど……。好き放題食べても、あと、二キロか三キロ増えるだけと約束されていれば、そちらを選ぶかなあ。

いったい体重はどこまで増え続けるのか、どこかで止まるのか、本当は試してみたい気はあります。でも、試した後が怖い。三十キロも増えて「しまったあ」となっても、元に戻す大変さは、我慢できそうにない。重すぎて動けないし、「まあいいか」って、痩せる気もなくなり、ますます増えて百キロくらいになるのかしら。

というのは想像だけのこと。

私は太らないようにと、少しは頑張っているから、ちょい太目ながら、肥満とまでは思っていないのですが……。

最近、肥満の治療薬が開発されたと話題になっていますね。お腹の脂肪がとれるのだとか。医師の処方箋なしで買えるそうですが、条件があるとのこと。腹囲が男性は八十五センチ以上、女性は九十センチ以上。

ところで、私はといえば、お腹の肉は「減らないなあ」とは思っているけど、その薬は、私程度の人向きではないと思い込んでいた。たまたま、引き出しにあった巻き尺で自分の腹囲を測ってみた。測っている途中で、巻き尺の色が赤くなって出てきた。「何？　この色」なんだかレシートの終わりかけに色が変わって出てきているのみたい。

測った数値を見たら何と九十二センチ？　ガーン、しっかり九十センチを超えているじゃないの。薬を飲める条件を満たしているなんて……。

巻き尺をよく見たら、赤い部分は八十五センチから始まり、「男性要注意」とあり、九十センチのところからは「女性要注意」とある。

何だこの巻き尺は？

見ると、出身大学の同窓会での記念品。なんとまあ、こんな変な巻き尺をもらっていたなんて、今の今まで気づかなかった。ずいぶん前のだと思うのですが、多分六十五歳以上になってからの同窓会だったのでしょうね。

「お互い健康には気をつけましょう」の意味を込めての、おせっかいな記念品だったのですね。

おかげさまで、私は立派な肥満とわかりましたが、薬に頼るのは嫌いなので、その肥満薬は条件を満たしていても買いませんが……。

これは、「試したいけど」ではなく「試したくないので」試さないのです。

もう少しダイエット頑張らなければ……。

ガッカリすること

洗濯後の乾燥も終えたとき、「排水トラップ給水」なんて訳のわからない表示が赤く出てパカパカ点滅している。

それが金曜の夜。説明書を見ても、どういうことなのか意味がわからない。意味がわかるまでは怖くて次の洗濯ができない。頼みのお客様相談室にかけようにも翌日は土曜、日曜も休みだし。でも、ふと見れば、電話マークの横に月曜から土曜の九時から五時とある。ふつうは月から金なのに、土曜にやっているとは感心。

翌朝九時を待って電話をしてみたら、なんと、二〇二四年四月から月曜から金曜になったとの案内。

もう！　その日は二〇二四年七月でした。ガッカリ。

仕方なく、月曜まで待って、再度挑戦。

ところが、この電話がまたすぐには人が出てくれない。この頃大きな企業はみんなそう。機械音声が「修理なら何番、使い方なら何番」を押せと指示してくる。

「面倒だなあ」と番号で答えながら進み、ようやく最終のところまできたら、今度は、「只今大変込み合っておりますのでこのまましばらくお待ちいただくか、またはラインでのチャットなら」どうのとか、ごちゃごちゃ言っている。

ガッカリしながらも、こちらは何せ自慢じゃないがお年寄り。そんな方法は敬遠の身、ひたすら人が出てくれるのを待ち続けるが、全然つながらない。

音声は最初に戻って、同じことを繰り返すのみ。

聞き続けるうちに「うんざり、もう切る！」とイライラがつのるけれど、ここまで待って、あと一秒でつながるかもしれない。それも悔しいと思うとなかなか切れない。

それでも、とうとう切りました。十五分も待った挙句に……。

ガッカリというよりガックリですね。

休み明けだったから、余計に混んだのかも……。

その後、昼過ぎ頃にかけたら、わりと早くつながった。

知りたかったことの意味はようやくわかりました。

「臭いが逆流しないよう排水溝に水をためていますよ」という意味なんですって。

訳がわからず、給水なんてどういうこと？　水が突然あふれてきたら大変だし、と要らぬ心配をさせられたけれど、とりあえず解決。訊けば今の説明書には書いてあるらしいけど、私のは古い？　一言も書いてなかったのが残念。


さて、ガッカリにもいろいろで、次のガッカリは、大したことではないけれど……。

コンビニで、「あっ、そうだ、たまにはアイスを買おう」。

どれにしようかと、眺め、「やっぱりこれかな」と、二つ候補を決めた。

でも、今かごに入れると、溶け始めるから後にしようと、他の買うものを物色し、いろいろ選び、会計を済ませた。歩き出したところで、ようやく気づいた。

「しまった、アイス買い忘れた」

まだ店を出る前だったから買えばいいのですが、そこまでじゃない。

「まあいいか」と、あきらめたけれど、やはりちょっとガッカリ。

というくいしん坊の話でした。

次は自分の体の状態についてのガッカリですね。

朝のテレビ番組でゲストの俳優市村正親さんが、座った姿勢で片足を顔のすぐ近くまで上げて見せた。私とはほぼ同年代の俳優さんでしたが、それを、特にすごいとは思わなかったのに……。

試しに「私はどんな感じかな」とやってみたら、何と、床と平行になるくらいにしか上がらなかった。確かに私の体は、かたいとは認識していたけれど「ここまで違うの?」とガッカリ。

日々小さなガッカリ、たまに大きなガッカリを味わいながら過ごしています。

ガッカリというのは、期待外れという意味が大きい感じ。だからすごく大変な出来事にはガッカリという言葉は使わないのですよね。

ガッカリしているうちはまだいいと思いましょう。

コロナ禍のマスクの効用

マスクが当たり前、マスクをしていないと白い目で見られるという日々が続いていたけれど、最近はコロナが5類に移行してしばらく経つので、マスクをしない人も増えてきた。それでも、私自身、マスク警察にはなっていないつもりでしたが、けっこう似た感覚になっていると気づきました。

シェフが楽しくおしゃべりをしながら料理をしているテレビ番組を見ながら、つい心配に……。

「マスクなしであんなにしゃべっていたら、作っている料理に飛沫が飛ぶ！」

コロナ以前なら感じなかったのに、ウイルスの飛沫感染のイメージ映像を繰り返し見せられるうちに、目には見えないのに、飛んでいる様子が目に浮かぶほどになってしまった。目には見えないといえば、食中毒の菌についても、私には菌が見えるようになっている。といっても自分なりにで、本当に見えているわけじゃないから、生活できていますが……。

さて、先ほどの番組の続きですが、ゲストの試食の段階で、テロップが出ていました。「試食用の料理は、他の部屋で、しっかりした衛生管理の下で調理したものです」なんて。

私だけではなく、皆さんにも目に見えない飛沫まで見える目ができてしまったのですね。5類に移行といっても、まだまだコロナは流行っているけれど、かかっても以前ほどの厳しい対応はしなくてもいいいし、何より世間のコロナへの恐怖感が薄れてきているようです。

マスクはうっとうしいし、つけたり外したりも面倒ですが、マスク生活に慣れた今は、マスクのことを顔パンツと呼んだりもしているのですって。とるのが恥ずかしいという感覚？　見せないうちに口や鼻は恥ずかしい存在になってしまったのね。確かに、マスクにはウイルス対策以外にも思わぬ効用もある。外出先ではいつも口元が気になっていた。歯に口紅がついていないか、食べかすがついていないか、鏡をわざわざ出して見るのも気がひけるし、見えないだけにいつも不安。

でも、マスクがあれば大丈夫。口元はしっかり隠れている。鼻が隠れるのも嬉しい。鼻に何かついていないか、何かって何？　そんな心配も無用。無理して口角を上げる必要もないし……。

確かに、隠している気楽さは感じていたし、にんにくを食べても、「まあいいか、マスクだから、そこまで臭わないでしょうし」などと。

でもさすがに、顔パンツとまでの気持ちはなかったけど……。

どうせマスクをするのなら、何であれ、ウイルス対策以外のマスクの効用はありがたく感じた方がいいけれど、口元の緊張感がなくなり口角も下がりっぱなしで老化が加速するかも……。隠れていることを幸いに、お口の体操をするのもいいかもしれないですね。

多数派は生きやすい

今でこそ、そう簡単には、ぐっすり眠れないけれど、一昔前までは、眠れる幸せをひしひしと感じていた。朝寝坊を許される日は本当に嬉しかった。

「眠れるのがそんなに幸せなら死ぬことも恐くないかもしれない。ずーっと寝ている状態が続くわけだし……」

なんてことは、しょっちゅう思っていたものです。

それにしても、人間は毎日眠らなきゃエネルギーが切れてくるなんて不思議な気持ちになる。それは一生という大きな寿命のほかに、毎日小さな寿命があり、それが眠ることによって回復され生き返るということですね。

誰でも当たり前に思っているけれど、これがもし、自分一人がそうであって、ふつうの人は生きている間は眠りを必要とせず、ずっと死ぬまで起きているとしたら、寿命はその分短く六十年くらいだったとして。

一方、毎日眠らなければならない人は、立派な眠り病という病で、入院こそ必要なくても、ふつうに働いたりはできません。健康な人でも働く以外の自由時間は、もちろんありますが、眠り病の人は、それをすべて睡眠に充てなければならない。他の人とは生活のリズムが違いすぎて悲しい。

毎日の睡眠のおかげで、自分だけ九十歳くらいまで長生きできても、きっとつまらない。

「私も眠らず六十歳で逝きたかった」と思うでしょうね。

とにかく少数派は辛い。どんなに不便なことでもみんながそうなら、世の中がそれに対応してくれるから何とかなる。

トイレの問題でも、誰もが一日に何回も行くという体になっているから外出先でも困らない。これが自分だけがそんな体で、他の人は皆、一週間に一回がふつうなら、大変。トイレなんて探すのも一苦労。とても外出できません。

目の問題もそう。目が前にしかついていないけれど、皆がそうだからいい。もし前後についているのがふつうなら何かと困る。車のバックミラーもつけてもらえない。

人間は自分では飛べなくてふつうですが、自分だけが飛べなかったら？　恐いでしょ。

ビルの屋上にいるときに、隣のビルから声がかかり、一緒にいた友人は、ぴゅーんと飛んで行ってしまうのに、自分は、すごすご階段を使って隣のビルへ。そこからエレベーターで？

いえいえ、飛べるのがふつうなら、階段もエレベーターもないかも……。

ありえない多数派の例で遊んでみましたが、現実にも、世の中はやはり多数派が優先されています。

私はお酒が飲めないので、昔はその少数派の悲哀を味わわされていました。今でももちろん飲める方が楽しみも多そうですが、それでも飲めない人への配慮が格段に増えてきました。いえ、配慮というより、需要が増えたからですけどね。

飲酒運転の取り締まりが厳しくなった頃から、ノンアルコールの飲み物がどんどん出現。それまでは、お料理屋さんでもお茶以外には、ジュースかサイダーくらいしかなく、私も自分だけお茶じゃつまらないからとジュースにしてみてもお刺身には合わず情けなかった。今は、お酒を飲める人も、その後運転するときには飲めません。だからもともと飲めない人と合わせると飲めない人たちも多数派になり、ノンアルコールビールなど、いろいろ選べるようになったのです。

少数派といえば、左利きもです。

昔は「文字を書いたりお箸を持ったりは右手で」と矯正させる親御さんも多かったようですが、最近は、無理に強いるのは良くないともいわれ、自然にまかせる人が増えたのは幸いです。

しかしながら、左で字を書くには、字自体もですが、縦書きの右から左への書き進め方は右利きに合わせているので、左利きの人には不便では？　ハサミも右利き用の方が断然多いし。それでもスポーツ選手などは少数派の左利きの方が有利な面もあり、損なことばかりでもないですね。

そういえば、ダイエットしたい人や健康に気をつける人も、この頃は多数派なので、たいていの食品に栄養成分とか原材料名がしっかり表記されるようになったし、太りにくい美味しいお菓子類も増えて、ダイエットもしやすくなったハズですが、それでもなかなかうまくいかないのも、私を含めての多数派。

○○ザップさんのテレビCM、有名人のタプタプのお腹から、きりっと引き締まったお腹への変化の映像を見せられ、「自分には無理だけど、いいなあ」と羨ましく見ている人も多数派かしら。

III　年齢と健康に関する話

年のとりかた

人間はどんな感じで年をとっていくのかしら。後期高齢者の今、七十七歳になってみてざっくり振り返ってみると……。

老人の入り口で感じたのは、まずは夜が長くなること。

若い頃は、夜布団に入り、目を閉じれば、すぐに眠り、あっという間に朝、無情な目覚まし音で目が覚める。あまりの早さをうらめしく思っていたのですが、年をとり、たぶん六十代になって、気づけば、夜がけっこう長く感じられるようになっていた。

それは少しありがたかった。「寝たと思ったらすぐに朝」という超特急のぞみではなく、ひかり程度になり、夜の睡眠をゆったり味わえるようになった気がした。若さから老いへの幸せな転換期でしょうか。

そして、いつのまにか夜中のトイレ一回起きが当たり前になった。ここまではまだ「あっという間に朝」になるよりはましな気分でしたが、そのうちに一晩中眠れないという経験もするようになった。それまでは、不眠症の知人たちの気持ちがわからず、寝る前にもコーヒーや、紅茶、お茶などカフェインを控えるなんて気はサラサラなかったのですが、眠れないと夜がめちゃくちゃ長い。長い夜が好きな私にもさすがに辛く長すぎる。

ようやく私も人並みに？眠りに気を遣うようになりました。

眠れない原因になりそうなこと、たとえば夜遅くの友人たちとの長電話や夜のカフェイン摂取をやめるようにしました。

それにしても朝も目が覚めて時間をみると五時くらい。本当にお年寄りらしい目覚めです。とはいえ、いったん目が覚めるだけで起きる気はなく、枕元のラジオをつけ、ニュースや天気予報を聴きながら、ぐずぐず眠り七時半頃起きるという生活。

さて、お肌に関しては、三十代頃から目尻のシワが気になり、白髪も少しずつ出だした。そのうちシワは目尻だけじゃなくいろいろ出てくるのだと気づく。シワは横だけではなく、縦にもできるようになる。七十代も半ばになると、ひゃあ、ほっぺの平地にまでシワができてくる。

もっともエステはおろか、お手入れ化粧品も使っていない私の場合なので、お手入れの行き届いた方には当てはまらないかもしれないけれど……。

実は、お肌も曲がり切った三十八歳頃、いつもの安物の乳液を買いに行った化粧品屋さんに、「お洋服よりお肌にお金をかけるべき」と勧められ、試した高価な乳液類が肌に合わずひどい目に……。幸か不幸か、以来約四十年、高価な品は敬遠。毒にも薬にもならない安物しか使えない身です。化粧品にかけない分、何を買ったのかしら。

でもその高価な化粧品を勧めた張本人のお店のご主人は、私の肌に合わなかったとわかるや、今度は一転、

「肌にはもともと再生する力があるので、本当は何もつけないのが一番です。自分で潤いを出すようになる。つけていると、頼るため、自分の力が減少する」と。

だったら最初から勧めないでよ。確かに養分を与えすぎないことで甘みを増す果物なんかの話も聞きますし……。どちらにしても私は高価な化粧品には頼れないから、何もつけないことがいいとの話を信じたい。

さて、だいたい七十代はこんな感じとわかってきましたが、八十代、九十代、あわよくば、百歳超えの可能性もあるかもしれないけど、未知の年代はなってみないとわからない。八十代の叔母たちは八十代になると、急激に衰えが出てくると言いますが、確かに六十代と七十代でも全然違うということは経験しています。

七十代を迎えたとき、急に先がないという思いになりました。それまでは、いつの年代でも三十代以降からは「わあ、若くない年になってしまった」。四十代になったときも、五十代も六十代も、いつも「ああ若くなくなった」と思ってはいた。しかし幸い、六十代は五十代よりは上でも七十代より若い。つまりそれまでは、ずっと相対評価だったのです

が、七十代になると上は八十代、一人で行動できているだけで、感心される年代。つくづく自分も天国に近い年齢になったと実感したわけです。

そうそう、私の老化の初めての実感は、四十代初めからの老眼でした。それまでは、老眼になったら、じたばたせず老眼鏡をかければ解決と思っていましたが、いえいえいえ、思わぬ不便が……。まあ、大したことではないので、お楽しみに……。

この先も生きていかれれば、いろいろな気持ちを実感できます。価値観だって違ってきそうですし、想像ではわからないことがわかる。それは少し楽しみです。

そのためには、なるべく元気でいたい。

でも、ストイックにはできない。せいぜい毎日の十分間のテレビ体操が頼みの綱です。

百三歳になったら何がわかる?

手元の本棚に並ぶ『103歳になってわかったこと』が目に入り、ふと思った。今七十七歳の私は、百三歳になれるのかしら。

それはともかく、七十七歳でもそれなりにわかったことはある。前項で触れたように、眠りが浅くなるとか、シワも目尻どころじゃないなどですが、まだあります。

「人生に先がない」とつくづく実感するのが七十歳。

これは私の感想ですが、でもだいたいの人もそうみたい。

六十代から七十代になるとは、そういう大きな変わり目なんですね。七十七歳になると、もっと先がなくなるのですが、別に大きくは変わっていない。でも百三歳まで生きられたら、それも認知症の程度も軽い状態なら、きっと「ああ、百三歳とはこういうことだ」と実感できるのでしょうね。

ただ、いつの頃からか、月日の経つ早さが尋常ではなくなり、ぞっとしている。一年なんてあっという間。

最近は冷蔵庫にしまうドレッシングやジャム類には必ず開封年月日を書いて貼っていますが、本当に書いておいて良かったとなります。ジャムなどの使い方は案外偏っていて、頻度の少ない種類のをたまに使おうとして「えっ、ウソ！　半年も？　えっ一年も」経っていたりするのです。年月日が書いてなかったら、そんなに古いと気づかず使っていたかもしれません。もちろんカビが生えていたりすれば、すぐにわかりますが、素人ながら私が思うには開封時期は古くても一度開けただけで、その後忘れ去り、まったく開け閉めしていないと、空気に触れる機会も少ないし長持ちしたのかも……。

それにしても開封後一年も経ったジャムは食べたくないですものね。

ところで、七十五歳の後期高齢者という節目でわかったことは、いえ、ならなくてもわかっていたはずですが、ある日届いた市からの確認の書類にショックを受けました。

「高齢者世帯で間違いないですね」というもの。

つまり七十五歳以上の人しかいない世帯ですねというお尋ねで、若い人が一緒に住んでいる場合は当てはまりません。どうも、災害時などに見守ってあげなきゃいけないという対象の世帯らしい。

当時、夫は八十二歳で私は七十五歳、夫婦二人とも一応元気で暮らしていました。先が少ない年齢とは思いつつも、「見守られなきゃいけない高齢者世帯」だなんて……。あらためて七十五歳とはそういう年なんだと、その時には実感させられました。

また新聞の軽い相談コーナーみたいなところで、八十代の同じマンションに住む挨拶を交わす程度のひとり暮らしの方から、「お友達になって」とのメモが郵便受けに入っていて、どう対応すれば？との若い方からの問いに、いろいろな人が答える形式でしたが、「きっと何かと用を頼まれる」「距離を置いたほうがいい」「民生委員の人にまかせたほうが」などなどの声。

うーん、八十代は私にとっては、すでに同世代の感覚ですが、ひとり暮らしでは、お友達になってもらうのも警戒されるのですね。七十五歳以上で見守られ世帯ですから、確かに八十代以上なら、なおさらですね。

百三歳になるまでには九十歳も百歳も通り過ぎなきゃならない。

どんな感じか経験するのは楽しみなような怖いような。

認知機能テスト初体験

七十五歳を過ぎて七十六歳の免許更新で、初めて認知機能テストを体験することに……。たぶん大丈夫とは思っていましたが、「今は何時何分ですか?」の質問には焦りました。

認知機能検査の最後の質問でしたが、これは予想外。一応予習していったのに「こんなのなかった」の気持ち。この認知機能検査は平針免許試験場と決まっていましたが、もう一方の高齢者講習の方は、いくつもある候補自動車学校から選べます。その予約の際に、認知機能検査の日にちを聞かれ、「認知機能検査の結果がわかってからの方がいいですよ。不合格の際でもこちらの受講料はお返しできないから」と親切に言われましたが、「いえ、絶対に受かるから大丈夫です」なんて大見えを切った私。

落ちるはずはないと思うものの、噂に聞く何枚ものイラストを覚えておくのは自信がなかった。何せずいぶん前に、母の介護認定を受けるとき、自宅で私も付き添っていたが、係の方に五つくらい腕時計、その他の物を見せられ、その後しまわれ、雑談の後、「先ほどの物は何がありました？」の質問に、肝心の母はともかく「私だって忘れるわ」の思いだったことは覚えている。

ちょっと予習しておけば大丈夫とは聞いていたが、つい「まあ、いいか」と本腰を入れることなく前日になった。急に不安になり、ネットで調べてみたら、ありました。なるほど、イラストは十六個見せられるのか。もしかして、この十六個がテストに出る？　なら今から覚えておいた方がいいかも……。

「予習して百点とれた」という話を聞いた気もして……。

試しに二年ほど前に受けた夫に訊いてみた。「イラスト、何が出たか覚えてる？」「そんなもの覚えてるわけない」と言われたが、「そこを何とか」と無理に聞き出し、「のこぎりとかあったかな」の答えを得て、う－んやっぱり違うわ。私がネットで見たのは大工道具では、ペンチだったし……。

大変だ、下手に覚えていたら、テスト本番のイラストと記憶がごちゃ混ぜになってしまうかも……。もうイラストはなるようになれとして、当日の年月日と曜日は訊かれるようですが、これは楽勝。今から答えはわかっている。検査日は二〇二二年九月二十六日だから。あとは時計の絵を描き、指定された時間の針を書き込む。これもできる。夫には時計の針はきちんと数字のところまで伸ばして書かないとだめだとアドバイスも受けていた。

なのに何と時計を書かされることはなく、最後の問題は「今は何時何分ですか?」とは……。とにかくびっくり。時計もスマホもしまわされているから、わかるわけないと一瞬思ったけれど、「そうか、推理しろというのね。テスト開始時刻が三時十分だったから、それから何分経っているか」と。

問題は時計を除き、予想通り。イラストはネットで見たのとは同じではなくても、ヒント付きで覚えさせられ、その後ヒントなしで答えさせられ、次にヒント有りで答えるというやり方はその通り。ヒント付きで覚える記憶法は確かに効果的、ヒントなしでは五つ思い出せないのがあったけれど、ヒント有りではすらすら十六個全部思い出せました。

それにしても「今何時ですか?」の質問は今回初めてかと思いきや、後日確かめたら、二人の叔母は知っていました。そして「誤差は三十分以内なら問題ないわよ」ですって。

前日にちょっと見ただけで予習完璧と思っていましたが、ちゃんと見ればもっといろいろ情報があったのでしょうね。問題集も出ているらしいし……。

というほどの難しい質問はなかったけど、結論からいうと、たぶん予習しなくても大丈夫。当日の日にちについてだけでも完璧なら。今日は何年？　今日は何月？　今日は何曜日？　それだけで、三問正解できます。

後で知ったのですが、十六個のイラストは四種類あり、そのうちの一種類がテストに使われるらしいということ。そして、全部予習で覚えてから望んだというすごい記憶力の人が、知人のなかに、二人もいたということ。びっくりです。

そんなに覚えられるなら、記憶力は若い人以上よ。覚えていかなくても楽勝なのに。

若く見える理由

「我ながら素敵なファッションだと思って、写真を撮るでしょ。でも、結果は、ガックリ。ああ、顔がない方が良かった」

そして「七十代の頃はそこまでじゃなかった」と、八十代の叔母は嘆くのですが、いえいえ、七十代でもそのお気持ちよくわかります。

叔母の嘆きは、まだ続きます。

「顔だけじゃなく、髪もうまくいかないし、首はしわしわだし……」

でも、その後に続く。

「まあそれでもね、頭は帽子をかぶればいいし、顔は眼鏡とマスクでだいたい隠れる。首はストールでね」

そうそう、最後のオコトバは、まさにその通りです。

そのすべてに私も同感です。

何を隠そう、私なんて、ずっと前から「何を隠そう」ではなく、すべて隠す隠しファッションを実践中。自慢じゃないけれど、私はよく「その年に見えない」と言われます。本当に自慢じゃないのです。と言っても、別に年上に見られるという意味じゃなく、一応自分の年齢より若く見られるのですが……。

自慢じゃない訳は、年齢の表れる部分をすべて隠しているからです。

そう、名付けて、ずるいファッション。この頃いい意味で使う「ずるい」って言葉、流行ってますね。私は、前髪で眉も隠し、目だけ出るようにして、その目も眼鏡で、周りの衰えを見えにくくしているし、おまけにコロナ禍以降、マスクで鼻も口も、あごの辺りまで隠しているのですから。

出ている部分は、ほとんどない。叔母じゃないけれど首もストールで隠し、着るものも夏でも長袖で、スカート丈はひざ下二十センチくらい。顔だけじゃなく、スタイルも隠し、完璧でしょ。

年齢が出るのは靴くらい。絶対にヒールの高いのは履かない。履きやすい波型底の靴を愛用。けれどこれだけなら、年がわかるといっても若くはないとわかるだけ。

これでもって、アクセサリーは大振りのものをして、バッグも面白いものを持っているから、そこまでの年とは思われないみたい。でも、リハビリ療法士の方からは、「背中に肉がついている」とか「猫背になっている」などと言われているので、本当は、そこまで若くは見られていないのかもしれませんね。

「えっ、ウソ、そんなお年だなんて信じられない」

という言葉を「全部隠しているのだから、さもありなん」と、私はつい信じてしまうのですが、倒れて入院にでもなったら、隠せなくなりすべてむき出しに……。即、浦島太郎となると思っています。

考えてみれば、誰でも人の年齢は当てることができない。なかなかわからないので、教えられたときには、とりあえず「えっ、そんなお年には見えない」というのがふつうですよね。

ということは、私の場合も、お世辞だった可能性も大ですね。

まったく自慢じゃないわ。

美しくなかった？　私の十代

私の十代といえば、残念ながら全然美しくなかった。いえ、ふつうに人生におけるいちばんお肌もピカピカ、元気いっぱいの年代ではあったのですが……。

何が問題って、私の出身校の制服についての厳しさです。お陰で中高と六年もの長きにわたり美しく着飾ったりとは無縁だったのです。今の母校の生徒さんたちには信じられないでしょうが、私たちの時代、制服との付き合いは半端じゃなかった。少し大げさにいえば、制服のほかにはパジャマさえあれば事足りるという感じ。着るものについては、プライベートな時間は、ほとんどなく、私服が許されるのは、家の中と、歩いて行ける近所だけ。乗り物利用の外出には「必ず制服で」が規則でした。

例外としてお正月の三が日だけは私服が解禁でした。どこに何を着ていこうと自由でしたが、一年にたった三日しかない特別な日。あまりにも貴重で、あまりにもわずかな自由。「何が何でも私服で、どこかに行かなきゃ」なんて変なプレッシャーがあったほどです。元日は着物だったのですが、あとは何を着ていたのでしょう。特別という割には覚えていないですね。

笑ってしまいますが、私は、授業中に早弁などもするワルだったのに、こと制服に関しては、けっこう真面目な生徒でした。休日、友人たちと森林公園に遊びに行くにも、迷わず制服。七人のうち三人がジーパンだったのを「すごーい勇気」とあきれていましたが、ほかから見れば、私たち制服組の方が「何で制服で鉄棒?」「なんで、ドッジボール?」だったでしょうね。

こんな制服づけの生活は、常にその学校の生徒としての自覚を持つとか、私服の心配がいらないという利点はあったのかもしれませんが、問題はファッションセンス。非常に大きく遅れをとりました。

卒業後、最初に作ってもらった洋服、これは覚えています。写真があるからかもしれませんが、ローズ色のスーツでした。毎日私服になったのは嬉しかったのですが、少ない手持ちの服を多く見せる技もなく、すぐに「着ていく服がなーい!」状態に……。

一方、制服時代、スカート丈を規定より短くしたり、靴下も規定の三つ折りではなく四つ折りにしたりするなど、美しさをめざし、何かともがいていた友人たちは、おしゃれの上達も早かったのですが、私が、一着のスーツを何通りにも着られるようになったのは二十代の終わり頃。しかも十代に可愛いファッションを楽しめなかった後遺症なのか、フリフリのぶりっこファッションから抜け出るのに、たっぷり四十代後半までかかりました。

さて、そんな制服のほかに心に残るのは学校から初めて連れて行ってもらったスキー合宿のことです。だから、泊まった旅館のジュークボックスで流れていた「吉永小百合」と「橋幸夫」の歌う「いつでも夢を」は、私にとっては懐メロ中の懐メロです。

このスキー合宿は、毎年希望者が定員より大幅に多く、中一のときは訳のわからぬま落選。選ぶ基準は体育を休まないとか、マラソンをする、縄跳びをするなどいろいろありましたが、「来年こそは」と張り切る私は、スキーに向けてそれらのことを一年中頑張っていました。それなのに、二年でも落選、三年でようやく行けたのですから、その喜びもひとしお。

でも、ただ単にスキー合宿に参加するというそれだけのことに、よくもまあ、あんなに一生懸命になれたものだと、今となれば不思議でもあり、その情熱が羨ましくもありますが、簡単には行かせてもらえなかったのがミソでしょうね。

そのスキーでの思い出として笑ってしまいますが、何と私は初心者の部での大会で優勝したのです。その時はその幸運が嬉しかったのですが、後になってわかるのですが、大学でも何度もスキーに行きましたが、全然上達せず、ずっと下手なままでした。

ゴルフも大学一年の頃ゴルフ部に入り、最初は、すごくよく飛び、感心されましたが、最初だけでした。あとはすぐに他の人に抜かれ、最後はいちばん下手な部員になりやめました。どうも私は何かにつけ「初めてにしてはうまい」だけで、その後はふつうにもなれない下手さ、これって何なんでしょうね。美しくないですね。

四十代はいちばんいい年代

思えば、四十代はいちばんいい年代だったかもしれません。そりゃあ、輝かしい二十代初めのモテモテ期のような華やかさはないけれど、それはそれで大変だったから。そんなアレコレを通り越し、子育ても一段落、自由時間も増え落ち着いた時期で、なおかつ若さも十分あり、残された時間もたっぷりあるという素晴らしい年代なのです。まあ、七十代も終わりかけた今になって思えばですけどね。

四十代になった当時は「もうこれでおしまいだ」くらいガックリの気持ちでしたから。何がおしまいなのかは、まあ人それぞれと思いますが……。確かに四十代は初老です。老眼の始まる時期でもあり、私が自分の老眼に気づいたのも四十代の初めでした。

名刺を頼りに電話をしようとして、「えっ、読めない」。文字が小さくて番号が判別できなかったのです。デザイン重視なのか、余白をいっぱいに残し、肝心な情報である名前とか電話番号などを小さく記すなんて、「何のための名刺なの？」。読めなかったがために、必要以上に腹をたてたものですが、早めに老眼に気づかされたのだから良しとしましょう。

ところで、見えにくいのに、頑張って眼鏡をかけず、遠くに離して新聞などを読んでいる人に対しては、どうせバレているから、「ジタバタせず眼鏡をかければいいのに」と簡単に考えていましたが、老眼の問題はこれで解決とはならなかったのです。

私の場合、近眼ではなく、遠くは見えるので、必要なときだけかけるという使い方でしたが、これが、やっかい。バッグに入れ忘れたりももちろん困るのですが、「これができないんだ」と痛切に思ったことがありました。

銀行などの待ち時間に、見たくもないけどといった風情で、ミーハー的な週刊誌などをパラパラとめくることです。いえ、めくるだけならできますが、せっかくの機会だから、気になっていた記事を読んでみたいのに、眼鏡なんかわざわざ出していたら、パラパラの雰囲気はゼロじゃないですか。

何気なくの振りが、何かにつけてできないのです。

ブティックなどでコソッと値札を見ることもできません。うっかり読めたつもりでも3000円かと思いきや8000円だったりして、それでも間違えたと言えず買ってしまったり。数字は2も3も6も8も9も区別できないのです。本当に要注意でしたね。

さて、次の五十代になってからは、噂には聞いていた五十肩を経験することに……。激痛を味わうのですが、それは、うっかり腕が動かしてはいけない角度になってしまったときだけで、しばらくすると治るし、その角度にしなければあまり痛くはないのです。

以前、大阪から遊びに来た友人が、一日行動を共にするなかで、突然「ひーっ」と痛さにうめいていたときには、ものすごく心配になったものでしたが、しばらくして治まってからはケロッとしていたので何なんだろうと不思議でしたが、自分がなってみて、「彼女は五十肩だったんだ」と、その時の謎が解けた嬉しさはありました。

五十肩は三回もやりました（右と左と右）。痛い側はもちろん手を上げたりもできず、苦労しますが、左側のときには、右利きの私はそれほど困るとは思っていなかったのに、「左手君、今まで見くびっていてごめんね」という気持ちに……。

たとえば、背中側のファスナーを上げるにも、引っ張り上げるのは右手ですが、左手でツンと下に引っ張ってもらわなければ、ファスナーは上げられない。左手は地味ながら何かと重要な役割をしていたのですね。

ところで、当時は整形外科にもあまり縁がなく、ボキボキやられるのも恐いしと病院にも行かずじまいでした。

新聞の医療相談などに五十肩へのアドバイスを見つけると熱心に読み、「急性期は動かさない方がいいが、慢性期になったら、徐々に動かさなければならない。動かさないでいると凍結肩になって全然動かせなくなる」なんて情報に、凍結肩が何だかわからないけど、動かせなくなっては困る。とにかくそれにならないように、お風呂上りに、腕を少しずつ尺取虫みたいに壁を上に這わせていき、今日はここまでと、毎日頑張っていました。

結局右の五十肩に二年、左の五十肩に二年費やし、最後に右になって私の長かった五十肩も終わりました。六十代、七十代には五十肩に一度もなっていないから、年をとった方がいいこともあるのですね。

そう考えると六十代も案外良かったかしら。七十代よりも若いし。五十肩も終わった上に、幸い（?）なことに、老眼も乱視も進みました。以前見えていた遠くも近眼の人並みに見えなくなったお陰で、遠近両用が必需品となり、常にかけているので、忘れないし、値札もいつでも見られますから。

えっ、いいことじゃない?

いえいえ、ものは考えようです。

健康大好き生活うん十年

「野菜は嫌いだからほとんど食べない」なんて言う人がいると、何だか潔くて尊敬したくなってしまいます。子どもじゃなくて、六十代以上の方の話ですが……。

今の私は野菜については絶対に必要と考え、いつでも簡単に摂取できるよう数種を茹でて常備しているくらいですから。健康が気になりだしたのは四十代も後半頃です。コレステロール値の高さを指摘されたことがきっかけでした。

それまでは、体重を減らすためのダイエットをすることはあっても、増えすぎが落ち着いたら、またおやつも食べ放題の生活に戻っていました。だから早く痩せたくて、毎日の体重に一喜一憂でしたが、高脂血症になって、初めて気づいたのです。生活習慣病の意味に……。「生活習慣を変えなければ」と。

なんたって甘いものを減らさなきゃ。

甘いものを食べたくてその分、食事を抜いたり減らしたりするのではなく、毎日バランスよく、体重に関係なく淡々と永遠に続けなければならないと……。

それは大正解。それまでは三キロ減ってもすぐに二キロ戻り、また増えてを繰り返し、結局一年間で一キロ増えたりして、とうとう若い頃から保っていた体重の十キロオーバーにまでなってしまっていたので……。

娘が中学に入学して同じ高校を卒業する頃までの六年間くらいが私の肥満時代でした。しかし、健康のためにと、地味ながら淡々と続けたら、すごい効果。八か月ほどで八キロも減ったのです。まあ年も年だし、これ以上痩せる必要もなく、全体的に食事量も少し増やし、現状維持することに。

余談ながら、八キロ減れば、ふつう体形で、私としては元に戻ったという気持ちでしたが、娘の学校のお母さんたちは、私の太っている六年間しか知らないので、私のことを、「この人、本当は太っていたのよ」と痩せてから知り合った人に告げたりして……。

「本当は」って、何が本当なのか、笑ってしまいました。

昔からの友人たちは、痩せても元に戻っただけだから違和感も覚えないけれど、私のことを太っているイメージで定着させている人には、「本当は太っていたのに」となるのでしょうね。

さて、ふつうになって以来、「おやつ食べ放題はしない」を生活習慣にしたら、体重も増えることも減ることもなく二十数年。ところが、この生活習慣も期限切れ？　今は体重も増え気味。酒量ならぬ甘いもの、つまり糖分摂取量もダンダン増えてきました。それこそ体重計とニラメッコでこれ以上増えないようにと頑張ってはいますが……。

おおらかな友人は、久しぶりに体重を測ったら信じられないほど増えていてびっくり。

「そんなはずはない」

古い体重計のせいかと新しいのを買ったそうです。残念ながら結果は、以前のは壊れてはいなかった。新しいのも同じだったって。

私は、体重は増えぎみでも案外健康なので、何が健康の源かなと考えてみました。

毎日、野菜はたっぷり、ヨーグルト、ナッツも欠かさず、何かと胡麻を振りかける、おかずに蛋白質が少ないと感じるときは玉子を足したりと、健康にいい食べ物はとっています。

そうそう、そんなときにすごく便利なのが温泉玉子。けっこう日持ちがするので常備しているし、骨粗しょう症にならないよう、必要なカルシウムも夜が効果的というので、夕食後牛乳を飲んだりもしています。そして、運動は苦手ながら散歩は週一くらいのデパート歩きで、あとは録画したテレビ体操十分間を日に一回か二回。こんなくらいがなまけものの私の健康法です。

コロナ禍直前の一月末に風邪をひいて以来、まだ一度も風邪をひいていません。

これは何でしょう？　私の健康法が功を奏した？　あるいはマスク効果とか人との距離をとることがいいのかしら？

言い忘れましたが、たぶんいちばんの健康法は、無理をしない。嫌なことは断る勇気をもち、我が儘になる。自分に優しくをモットーに、たまには人にも優しくする。これでしょうね。

そういえば、今や老人向け本の一番のスター著者、医師の和田秀樹さんは、型破りなことをおっしゃったりします。

「長年の臨床経験を振り返っても高血圧や高血糖そのものよりも薬や生活指導が与える心理的ストレスの方が体に悪いと感じる」と。

ご自身の血糖値も血圧もずいぶん高いようですが、お昼にラーメンとかご飯を食べていらっしゃるとか。食べ物もですが、医師から告げられる生活指導は、ふつうすごく厳しいですよね。

「そうよ、そうよ。何が一日一万歩よ」

「そりゃあ、歩かなきゃいけないけど、私たちはせいぜい三千歩よ。五千歩も歩いた日にゃ、足が悲鳴をあげるし」

「ムリは禁物ね。何ごとも適当がいいわよね」で、友人とも意見は一致しました。

ぶらさがり決意の記念日

何年かぶりにぶらさがり健康機にぶらさがってみた。

「おお、何だか気持ちいい」

もともと私が買ったものでなし、興味もなかったから、ほとんどぶらさがったことなんかなかった。それなのに夫は何度も購入。今あるのは四台目くらい。最初に買ったのはたぶん三十年以上も前。そのころ、すでに巷では洋服掛けに成り下がるエピソードも聞くようになっていたが、夫は気にもとめず、「ぶらさがるのは健康にいい！」と取り寄せを決行。

案の定、すぐに飽き、我が家でも洋服掛けに……。

けれど、そのうち邪魔になり処分。

なのに、数年後、そんなことは忘れたように、またも夫は「健康にいいから」と購入。ぶらさがり機は見るからに洋服を掛けたくなる形。以前は利用者たちがひそかに噂していたのが、そのころには売り手側も「洋服掛けとしても重宝」などと、堂々と謳うようになっていた。それなのにまた買う？

同じことを繰り返し、今は四台目が使われないままに長年居座っていた。以前と違うのは、使わないが、洋服掛けになっていないこと。実は、すごく高い位置にぶらさがり棒が設定されていて、私の手が届かない。故に洋服も掛けられない。

でも今日はやる気があり、私はぶらさがり機の両足元の足掛け部分によじ登り、ぶらさがってみたのです。年をとり、いろいろ衰えは出てきているが、まあしょうがないなあと、それなりにあきらめていた。しかし、リハビリの担当の方に「背中の肩部分がかたい、猫背がひどくなっている」と言われ、これ以上悪くしないためには、「手を思い切り上げたりするのもいい」とのことで、「そうだ、ぶらさがりだ」。

しばらく頑張ってみようとなったのです。

目的がはっきりしたから、もしや続くのでは？

ということで、今日はぶらさがり健康機が我が家で、初めてその役目を果たし始めた記念日。実は、これはずいぶん前に書いていたものですが、読み直していて気づきました。もう一か月くらいは、ぶらさがっていないことに……。

「よーし、またぶらさがるぞーと決意を新たにしました。

今日は再決心の記念日。

とはいうものの、再再決心も遠くないかも……。何事も続けるのは難しいですねえ。

簡単な歯の治療のハズが

今回の前歯の治療は、検診のついでに「ちょっと」という感じかと思っていた。前歯のくっついている間の部分が、もっとひどくなる前にやっておいた方がということで、簡単そうだった。

「麻酔なしでもぎりぎり大丈夫だと思いますよ」と言われたから、たぶん簡単なんだろうなと……。でもぎりぎりって？　少し不安。不安を感じながらも、「じゃあ麻酔なしで」と言おうと思っていたら、「でも不安で麻酔したほうが良ければ麻酔しますよ」

「そんなこと言わないでほしいわ。迷うじゃないの」と思いながらも、麻酔前後の不快さを、必要もないのに味わうのも嫌だし、「とりあえず麻酔なしでお願いします。痛くなったら、それからで」ということで始めてもらった。

ガーっと削られる音と水で、私は痛くはなくても体が緊張でガチガチになっているのがわかる。ガーっとやられている間ずっと、それ自体は痛くないのに、口の中を押さえている器具の当たっているところがすごく痛い！　「何なのこれ」と思いながらも、我慢してやり過ごしているうちにその器具の位置も変わり、やれやれ。

しかし、ガーガー削られているうちは緊張が解けない。いつ痛いところまで削られるのかの不安も……。

そのうち「八割がた済みましたよ」の言葉にほっ。あと二割ね。

しかし、その後の長さは八割にかかった時間より長い。

「先生、嘘だったの？」

心で叫んでいたけれど、そのうち、口を開けっ放しにしている苦痛が押し寄せてきた。

顎の上の部分がめちゃくちゃ痛くなってきて耐えられない。ほっぺの上の方を自分で押さえたりしていたら、ようやく、「口を開けているのが大変ですよね」とわかってもらえた。

ところが休憩になるかと思ったら、片側の上下の歯の間につっかい棒みたいなものを挟まれ、「辛くなったら、これを噛み締めれば少しは楽になりますよ」って。

そんなもの噛み締めても全然楽にならない。顎がどうにかなりそう。

結局一時間くらい、ほとんど口を開けっ放し。

もちろんその間、私の口の中の細かい作業を、神経を使ってうまく治療をしてくださっている先生のお仕事の方が技術もいる大変なことだと、頭ではわかっているけれど、ただ単に口を開けているだけの私の仕事（？）の方が大変だという気がしてくるのです。

まったくもって、口を開けることは簡単でも、長くなると拷問になりますね。

歯の質は良かったのに

私の歯は大学時代までは、とてもいい方だったのに……。今となっては、つくづく悔やまれます。全然大事に扱ってこなかったことが……。歯の磨き方とか歯に対しての情報も少なかったし、時代も悪かったのです。時代だけではなく、やはり私の歯に対しての態度は悪すぎました。

歯は、朝起きたときに磨くものだと思い込んでいた。もちろん誰でも起きたときは口の中が気持ち悪いので磨くのは当たり前ですが、問題はその後のことです。歯を磨いた後、朝食なので、歯がきれいなのはそこまでの一瞬だけ。

つまり、朝一の歯磨きだけしかしないで、朝食後も昼食後も磨かない。おやつ後も、最後の夕食後も……。そしてひどいときには、キャラメルを食べながら眠ってしまったり……。なんて生活を続けていたのですが、大学時代までは見事に無事だったのです。朝一回の磨き方だって、今では「それダメ」と言われるような横磨きだったのに……。

一緒に旅行した友人が、夜、歯が痛くなり、泣いていたこともあるけれど、可哀そうに思いながらも歯痛がどんな痛みなのかもわからなかったくらいです。

しかしながら、結婚直前の二十三歳の頃、夫に「一度歯の検診に行った方がいいよ」

とアドバイスされ、行ってみたら、何と奥歯四本の虫歯を見つけられ、治療をすることに……。あまりに遠い昔の話で、その後の歯の治療歴についても、詳しくは覚えていないのですが、それから五十数年の時を経て、今の歯の状態は、上のいちばん奥の歯は左右両方ともない。下の奥歯は両方ともあるけれど、上がないので、何の役に立っているのかわからないけれど、神経を抜いたりいろいろ大変な治療をしたりしながら頑張って残した。抜いてしまうと顔の形が変わるかもしれないしという不安もあって。

初めての治療から今までには神経を抜いたり、その後の治療も一回で済まない厄介さや、歯痛の経験も数えきれないほどしたりして、そう、今では半分以上の歯は治療ありの状態。そして最近では何もなくても三か月に一度の検診は欠かさないし、歯磨きも夜は特に念入りに習った方法で真面目にしているけれど、子供のときからずっと今のように真面目にしていたら、私の歯はどの程度だったのかしらと……。

たられればを言っても仕方がないけれど……。

それでも、私はもともと弱い人よりはましな方なので、八十歳で二十本はたぶん大丈夫そうです。

幸せ探し

幸せって何？

小さな幸せから大きな幸せ、いろいろあるけれど、結局は幸せと感じた人の勝ち。勝ち負けはおかしいですね。幸せと思える人が幸せだということです。

当たり前すぎて私が偉そうに言うことじゃないけれど、つくづく思うのです。

大きな誰からも幸せと思われるような幸せは、もちろん感じやすく、オリンピックで金メダルをとった瞬間の幸せなんて本当にわかりやすい。こんな幸せは、華やかなだけに、責任も伴うし、いつまでも楽に続く簡単な幸せとは程遠い。

その点、地味な幸せは、失ってから初めて気づくことが多い。ちょっとした怪我でも病気でも治ると嬉しい。難しいといわれた病気が思いのほか治療がうまくいき完治したら、ものすごく嬉しく幸せな気分になる。病気以前は別にありがたくも思わなかったふつうの状態に戻るだけなのに……。

つまり、地味ではあるけれど、何とかでない幸せを如何に感じられるか否かで、幸せ度は大きく違ってくる。結局は幸せも相対評価だから、もののない時代にそれなりに幸せに暮らしていけた人でも、周りの人たちには何もかもあるのに、自分だけテレビも冷蔵庫もスマホもなければ、一転、幸せに思えなくなる。

だからここで「人の不幸は蜜の味」のことわざが生きてくる。なんていうと人聞きが悪いけれど、別に、人の不幸を喜ぶわけではなく、人の不幸を知ると、不満ばかりの自分を反省することができるということです。

何とかでない幸せは残念ながら自分ではなかなか思いつかない。

ひとさまの不幸を知るたびに実感する。

「ごみ屋敷のお隣でなくて良かった」とか、ほかにもたとえば体の不具合でもいろいろあって、歯が痛むこともあれば胃や頭が痛むことも、腰痛もあれば、指を怪我したりも……。本当に体のどこが痛くても嫌になる。全部調子がいいなんて奇跡に思えるほどありがたいのに……。

実は私には、そんな時もあったのに、ありがたいどころか、たまには病気になってみたいと思っていた。そんな浅はかな十代の頃が懐かしい。

運がいいとか悪いとか、たとえば交通事故に遭ったとする。あの道を通らなかったらとか、あと一分、いえ、一秒でも違っていたら事故に遭わなかったのにと思う。でもその道を通らず、あるいは時間が一分でも違っていれば、事故に遭わないので、自分の運の良さは実感できない。

だからこう考えればいいのかも……。

今まで無事に生きてこられたのは、すべて選択の良さのお陰。いつもと違う道を通ったときには、それが正解、同じ道だったらもしかして事故に遭ったかも……。

誰かとの約束をドタキャンされても、そのお陰で、事故に遭わなかったかも……。そう考えれば、きりがないほど幸運にも危険を乗り越えてきたとわかる。わからない？

確かにふつうはどちらにしても事故には遭わないけれど、遭わなかったとは言い切れない。ただ自分が選んだあるいはそうなってしまった結果が事故に遭っていなければ、それは運がいいと思いましょう。

さてさて、また不幸を知って、それがなくなったという地味で幸せな話を……。

ある日ダニらしきものに噛まれた。それから一週間の間に全部で合計十個。被害はすべて足。腿とか膝、くるぶし。家族に被害はないのはやれやれですが、もしや私の部屋？ふとん？　パニック。蚊と違って食われた被害は大きい。薬局でダニ取りシートやダニ除けスプレーを買い、シーツ替えはもちろん、毎日ふとんも掃除機をかけた。食われたのはその十個で終わったが、最後の一個からも毎日体を点検、今日も大丈夫、今日も大丈夫、どきどきしながら食われない幸せを感じていた。それから三週間無事、これで騒動はたぶん一件落着。

でもこんなことがなければ、食われない幸せは味わえない。

食われないのが当たり前ですが、当たり前がどんなに幸せか。

地味な幸せは奥が深いのです。

血圧測定が苦手

いつものクリニックで、いつもの薬をもらうために診察を受けましたが、測ってもらった血圧がいつもより少し高かったようでした。「いつも」が続くけど、まだ続きます。

私の素人考えでは、いつもは車で五分の距離のところ、その日は事情があり、三十分も運転をしてきたので、「運転の緊張からかもしれないですね」と言うと、先生は、「運転の緊張で、いちいち上がったりしないでしょう」なんて感じだったので、

「そりゃあ緊張しますよ。だって病院で看護師さんに測ってもらうだけで上がる人も多いと聞きますし」と答えると、「家で測ってる?」と訊かれた。

「私は血圧を測るのが怖くて苦手なんです。測るとドキドキして、血圧が上がるし、高くなったのを見ると余計に緊張して高くなるから測れません。どうしたらいいんでしょう」

「何回も測っていればいいんですよ。そのうち慣れますから」

確かにそうかもしれない。何度も測っていれば慣れるかしらと、私も納得。じゃあ血圧計を買わなきゃ。

「どんなのがいいですか？」

「手首ではなく上腕に巻くタイプがいいですよ。測定器を押すとビーっと測れるのが」

そして「私の血圧手帳」なるものを渡されました。

「付けておいてくださいね」

早速デパート併設の家電屋さんに行ってみました。血圧計のある辺りには店員さんも誰もいないし、「お試しできます」と書いてある器具で測ってみた。

「きゃあ、高い！」クリニックのときより高い。でも気を取り直して、もう一回測ったら、クリニックのときくらいに下がっていた。場所を変え、違うタイプので測ったら、また下がって、いつもの普通に少し高め程度になっていた。

とりあえず一つ買って帰った。まあ、血圧を測る勇気が出たことはいいことですね。高いなら高いで治療ができるし、良しとしましょう。

私が血圧恐怖症を自覚したのは、たぶんもう二十年くらいも前のこと。当時は、自分は血圧が測れないから、つまり本当の血圧が測れない。実際には高くないのに高くなってしまっては、安易に降圧剤も飲めないし。かくなる上は血圧が上がらないよう自分で気をつけるしかない。塩分も絶対に控えなきゃと思い込んでいた。

幸い何事もなく、たまにクリニックでの診察時に測ってもらうだけでしたが、何とかクリアしていたのに、今回初めて高いと言われたのです。そして、この機会に逃げてばかりいないで、自分の状態を知った方がよいかという気になったのです。

さて、手に入れた血圧計でいざ測定となると、本当に初めてというのは何かとわからないことだらけ。説明書を見ていると余計にわからなくなります。腕帯の巻き方がこれでいいのかとか、中心が心臓の高さになっているかとか、そんなことサッパリわからない。だいたいが心臓って、どこ？

手帳には朝晩決めた時間に一回につき二度測る。一度目と二度目の間は少しあけるとあるけれど少しってどれくらい？　一分？　五分？　メーカーのお客様相談室で聞いたら一分くらいとのこと。手をグーパーしてほぐすと良いとのこと。

さまざまな難関を乗り越え、何とか測りました。二週間くらい。

結果は？　私の素人判断ではたぶん大丈夫そう。

ブックカフェでたまたま見つけた血圧関係の本でも、日本の高血圧とされる基準値は厳しすぎるなんて書いてあったし……。

Ⅳ 自費出版騒動記

なぜ本を作ったのかといえば

初めての本『落ちこぼれ主婦のなるほどエッセイ』を自費出版したときには、よく訊かれたものです。

「なぜ本を?」とか「書くことがお好きだったのですか?」などと。

けれど、書くことが特に好きだったわけでも得意だったわけでもなく、日記も三日坊主を繰り返していました。

そんな私がなぜ?ですよね。

ひとつには、自分の本があったら素敵だろうなという漠然とした憧れがあったからかもしれません。以前手にした童話作家の方のエッセイをまとめた本が、とても可愛くて、表紙の絵も色も夢があってまさに私好み、ハードカバーではなく、手になじむ感じでこんな本が作れたらなあと思ったことは、あったので……。

でも現実問題として、読むだけでも時間のかかる本を自分が書くなんて、無理だと思い込んでいました。しかしながら、私がテレビに向かって反論したり、ぶつくさ言ったりしているのを聞いた夫が、「そんなこと、ここで言っていないで本にでもしたら」。

もちろん冗談だったのですが、私は心の片隅で「そうよね」と思い、一歩、本に近づいたのかもしれません。当時は素敵なキャリアウーマンがもてはやされる時代でした。それはそれで良かったのですが、平凡な主婦の日常にだって時には光を当ててほしい。

「主婦の地味な嘆き」などが書かれた本があったら読みたかったのに、ふつうの主婦、ましてや落ちこぼれの主婦のことなど誰も書いてはくださらなかった。そこで「じゃあいっそ、私が書いてしまおう」となったのですが、そのきっかけは、そう、子育ても一段落して暇になったことですね。

なぜか周りの方々にも私の暇さ加減がバレていたようで、会う人ごとに「お昼間は何を？」と訊かれるようになったのです。四十代の初め頃でしたが、特に趣味もなくだらだら過ごしていた私は、「ボーっとしています」と答えていました。

さすがに毎回そう答えるのにも嫌気がさして、つい「本を作っています」と答えることに……。自分としては、別に何年で作ると言ったわけじゃなし、と軽い気持ちでしたが、結局は公言したことが実現への道となりました。

本を作ることができた理由

「本を作っている」と公言し始めたら、何人もの方から文章教室だとか同人の会への入会を勧められました。それまで書くこととはまったくもって無縁だった私なので、案じてくださったのでしょうね。

でも、私が曲がりなりにも最初の一冊を出版できたのは、実は恐いもの知らずだったからです。それまで新聞や雑誌への投稿はおろか、ほとんど文章らしきものを書いたこともなかったのですが、なまじそんな場所に近寄らなかったのはたぶん正解。もちろん基礎から学ぶことも大切ですが、自分の文章力の拙さも、何となく感じているのと、他人からめちゃめちゃにけなされ思い知るのとでは全然違います。

自分の能力のなさは、最初は知らない方が、やる気が削がれずいいのかもしれません。もっとも原稿用紙の使い方からしてわからないので、「文章の書き方」の類の本を二冊か三冊買い、ざっと読むくらいのことは、しましたが……。

その読み方がまた雑で、自分に都合の良い記述を見つけ、「やっぱり下手でもいいんだ」と勝手に解釈。

それは、「文章は、あくまでも内容を伝える手段。うまいに越したことはないが技術が目立ちすぎるのも良くない。読み手に文章の存在を感じさせず、内容だけがすっと心に入るのが良い文章だ」

こんな意味だったと思うのですが、残念ながらうろ覚え。何せ、もうその本もないし、タイトルも著者名も忘れてしまいました。だからこうも言えますね。

「タイトルも著者名も忘れても内容だけはずっと心に残っている……のは、良い本だ」

文章に自信のない私には救世主でしたから。

ところで、文章も習うより慣れろですね。一冊分書き終える頃には、少しは、ましになりましたから。これも勝手な感想ですが……。

そして、本作りに向けてエッセイを書き始めたのですが、エッセイなら一編ずつためていけば、いつかは本にできる量になる。一か月に一編でも一年で十二編、五年経てば六十編。いつまでにと約束したわけじゃなしとのんびり構え、二編書き上げただけで半年ほど過ぎてしまいました。

しかしながら、ある日、ためたつもりの二編を読み返し愕然！　内容が古くなっている。エッセイが古くなる？　これでは何年かけても期限切れがたまるだけです。おまけに半年間の宣伝効果で、「いつできるの？　楽しみにしているわ」のお声も多くなって……。

ここでようやく一念発起、本当に本を作る気になったのです。

まずは、題材集めに半年ほどかけ、あとはその題材に沿って、その時の視点で一気にエッセイにする。一か月に一編なんてのんびりは、やっていられない。結局二か月で六十編、一日一編のペースです。

結果的にはこの時期はぐうたらな私には似合わず、ものすごく頑張ってしまいました。本ができるという嬉しさで目標に向かってまっしぐら。だから原稿を書き終え、本ができあがるまでの二か月間の待ち遠しさは、文字通り一日千秋の思いでした。

本のおかげでカラオケ気分

「自費出版とかけてカラオケと解く。その心はお金を払ってプロの気分を味わう」

私の自費出版に対しての夫の言葉です。

プロの気分？　確かにそう。ままごと遊びのようなものですが……。

初めての本ができあがったときには本当に嬉しくて、誰彼構わず、「読んで、読んで」と手渡したい気分でした。またその本が本物の本屋さんで、本物の大作家「曽野綾子」とか「林真理子」の本の隣に平積みで並べられているのを見たときには、それはもう大感激。

た。

「足立恵子って作家みたい！」「誰か間違えて買ってくれないかな」なんてワクワクしました。

実は私が当時出版した「丸善名古屋出版サービスセンター」では、作った本を一般の文芸新刊コーナーに置いてもらえたのです。確か二週間くらいの約束、その後は自費出版本のコーナーに移されるはずでしたが……。

主婦目線エッセイの自費出版という珍しさもあり、新聞や雑誌に紹介され、問い合わせも多かったので、結果的には二か月くらいそのいい場所に置いてもらえたのは幸いでした。自費出版本は、ふつうは、一般の流通ルートには乗らないので、他の本屋さんは、自分で開拓しました。友人の紹介などで置いてもらえる本屋さんが増えていくのも嬉しいものでした。名古屋に本支店合わせて二十店舗くらいある本屋さんにも置いていただけたのはラッキーでした。今思えば、本屋さんがたくさんあるいい時代でした。

一冊の本作りを通して、エッセイを書いているときには文筆家気分、なかのイラストや文の構成、表紙のデザインをどうするかなどを考えるのはプロデューサー気分、帯のキャッチフレーズはコピーライター気分、できあがった本を置いてほしいと交渉するのは、営業ウーマン気分。本当にいろいろ本物ではないけれど、カラオケみたいに、気分だけのプロを味わわせてもらいました。

ところで本を売る場は本屋さん以外にもありました。行きつけのケーキ屋さんやカフェ、加えて、お料理屋さんなどにも置いてもらえたのが、それこそ私の本の居場所という感じで、ご好意に甘えました。何たってそこで売られているのは私の本だけ。本屋さんの途方もない本だらけのなかでは、私の本など誰かに手に取ってもらうのですら奇跡に近いのに、そこは競争相手なしという好条件。ここまで条件がそろえば少しは売れるのです。長い期間をかけて、私の数種の本を合わせてたぶん二百冊くらいは売っていただいたような気がします。

本の売り方としては、四冊目の『落ちこぼれ主婦のあらまあの日々』で新たな展開がありました。四冊目は「らくだぶっく」で出版。大変お世話になりました。ご好意で名古屋を中心とした流通ルートに乗せてもらえることにもなり、百店ほどの本屋さんに自動的に配本されたのです。出版元の「らくだ書店」では破格の扱い、百冊くらいまとめて目立つ場所に大きなポップとともに、どーんと積んでくださいました。

ただ、他の本屋さんでは、自動的にというのは目も届かないという点もあり、うっかりしていると、荷も解かれずそのままにされることも珍しくないのです。一軒一軒自分で地道にお願いして置いてもらっていた本屋さんとでは、扱いも全然違うと遅まきながら知り、あらためて感謝したものです。

また、友人の推薦で生協の注文カタログに商品として載せてもらえたことも面白い経験でした。注文された方にお肉や野菜などと共に私の本も配達されるのです。それは一回勝負、一週間で結果が出ます。四百冊納めて売れたのが百数冊。残りはあっという間に返品、それで終わりですが、私には棚からぼたもちの幸運な出来事でした。

こうして思い返してみれば本当にたくさんの方々に応援していただいていたと、今さらながら幸せなことと感謝しています。

そういえば、私の「落ちこぼれの……」なんてタイトルの本を、恥ずかしがらず、宣伝になるからと、カバーもかけず持ち歩いてくれた友人たちにも本当に感謝です。

どんな経験も役に立つ

たとえば、講演会などでも、自分の期待した感じとは違ったとしても、そこに参加したことが思わぬ役に立ったりすることもあるのですよね。私なんか正にそれで、そのお陰で、絶対に無理なハズの講演会の講師などという仕事を、一回限りとはいえ、務めることができたのですから……。

もう三十年も前になりますが、初めての本を自費出版したことで、新聞などにたびたび取り上げられ、それは宣伝にもなり有難いことでしたが、その余波で、とんでもない依頼が舞い込んだのです。

本を作った理由のなかに「人前で話すのが苦手だから」という面もあったのに、その私が講演会の講師に？　そんなこと無理、無理、無理。

とにかく私には最も遠くて有り得ない話でした。

けれど、すったもんだの末、引き受けることになったのは、一つには場所が大阪だったこと、吹田市立の某中学ＰＴＡ主催でした。旅の恥は掻き捨てで、失敗しても名古屋に逃げ帰ればすむという安易な考えもチラリとあったのですが、最大の決め手は、「用意した原稿を丸読みしてもいいのなら」という情けない条件を快諾してもらえたことです。

この「原稿を丸読み」は絶対に外せない条件でしたが、そんな迷案（？）を思いついたのも、実は以前参加したある講演会で、講師の方が、そうされていたのを思い出したから。その方は、ご家族で日本に住んで十数年のアメリカ人の主婦でした。日本語の苦手な外国人だから許されたのかもしれませんが、私には新鮮で、これなら誰でも講師ができるかもしれない……と、ふと思ったのです。

そして内容については、「今どきの子供は」というような真面目な話題で、特に目新しい意見でもなく少々残念でした。そんな堅苦しい話ではなく、ざっくばらんに、日本での習慣の違いによる面白おかしい失敗談とか楽しいエピソードなど、彼女ならではの体験談を語ってほしかったのに……。

でも、その思いも参考になりました。

わざわざ私にと望まれるのは、私らしい話を期待してのこと。全然難しくない話、毒にも薬にもならない何でもない話でいいとわかりましたから。

彼女の完璧ではない講師ぶりが、繰り返しになるけれど、私の一回限りではあるけれど、絶対にできないはずのことをやる気にさせてくれたのです。だから、私も失敗しても、それはそれで、誰かに勇気を与えることができるかもしれないと思うことができました。

ちなみに、その時の私の演題は「マイナスをプラスに変える法。私の場合」でした。

さて、講演会の当日、会場は校内の図書室で、人数は百二十名ほど。私は必殺の小道具として、ノートと共にカメラを持ち込みました。挨拶と同時に「こんな機会は、たぶん最初で最後ですので写真を撮らせてください」と、客席に向けて左から真ん中、右へと三枚ほどバシャバシャ撮ったのです。自分の緊張を少しでも和らげるには、こんなことでもしなければ、と思っての苦肉の策でした。

あっけにとられた皆さんから、どっと笑いがあり、私も何とか少し落ち着きました。途中で皆さんにお茶が振舞われるような和やかな会でしたし、スタッフの方たちが前のほうの席に何人もいらして、「うんうん」とニコニコうなずいてくださったことも心強く、何とかなったともいえます。

正直なところ、私の話したことが誰かのお役に立ったとも思えませんが、後日お送りした記念写真は、喜ばれたようです。壇上から撮られることって、あまりないですものね。せめてもの罪滅ぼしでした。

以来数十年、人前での話が苦手なのは、今も変わらずです。

わらしべ長者

振り返ってみれば、私にとっての自費出版は、わらしべ長者のわらしべだったのかもしれないですね。特別な才能も特別な経験もない、ないないづくしのなかから、それでもほんの少し持っているモノをかき集めて出してみたら、本当に大きくいろいろなモノになって返ってきた。

まさにわらしべ長者です。

さまざまな経験をし、多くの人との出会いにも恵まれました。

それまで出会うことのなかった新聞記者の方とか雑誌のライターの方々ともお会いする機会も増えて、当然といえば当然ですが、いろんな方がいらっしゃるものだと実感。

そして、私が初めての本で、そのまた初めての経験でしたが、某新聞社の取材を受けたときのことです。我が家に来てくださった記者の方は、開口一番、

「僕はあなたの本を読んでいないのですが、いったいどんな内容なんですか？」

読んでいないのが当然という口ぶり。

確かに知人の口利きでしたから、不本意ながらのお気持ちもわかりますし、名もない私への対応としては、まあ、ふつうのことなんだと受け止めましたが……。それでも、以後のさまざまな取材では、皆さん、そんな私にでも感じ良く接してくださっていたので、有難く思いました。

特に嬉しかったのは、ある新聞に掲載された私の小さな記事をを見つけたライターの方が某女性誌に掲載したいからと、はるばる東京から名古屋まで来てくださったことです。その取材にかける熱意たるや、ご自分の企画での取材だったこともあるかもしれませんが、本の至る所に付箋があり、それこそ、「そんな大層な本じゃないのに」とこちらの方がびっくりするほどでした。

有名な女性誌に写真付きで半ページ割いて掲載してもらえるなんて、こちらはとても有難いのに、「取材をさせてもらう」という態度を全然崩すことはなく素敵な方でした。彼女とは何年も手紙などのやりとりも続き、いい思い出です。

心に残る出会いはたくさんあって、特になかのお一人のことは、今でもよく思い出します。最初の出会いは、というのか、なぜか、お会いしていないのですが、初めての本のときに、「最近自費出版する人が増えている」という話題での某新聞の記事で、三冊くらい取り上げるなかの一冊が私の本でした。

その件での取材でしたが、電話でだったのです。Hさんは、当時四十代初めの私よりは年長の落ち着いた感じの男性でしたが、とても話しやすい雰囲気で、私の話も楽しそうに聞いてくださったので、以後も本を出すたびにお送りして、電話もしたりしていました。有難いことに、その都度、ご自分ではなく、どなたかに取材を指示してくださり、何度お世話になったかわからないくらいです。

こんなエピソードも……。

東京のある点訳ボランティアのグループの方々が、知人がメンバーだった関係で、私の本の一冊を点訳してくださったことがありました。

私の本を選んだ理由が面白い。

「自分たちがやらなければ、誰にも点訳されないという類の本だったから」ですって。確かに、点訳されなきゃいけない立派な本、ためになる本がたくさんあるのに、それすらすべてとはいかないなかで、私の本のようなどうでもいい本が点訳されることは、万に一つもないような気がするのですが……。でも、そんなどうでもいい本を読みたい人もいるはずだからということなんですね。

その一件を話したら、何とHさんは、直々に東京に取材に行ってくださったのです。記事にしていただけたのは嬉しかったのですが、ずっと以前から存じ上げている私は一度もHさんとはお目にかかることもなく、痩せているのか太っていらっしゃるのかもわからないのに、彼女たちはお会いできたのだと思うと、何だか不思議な気分でした。

本を出すたびに本を送り、近況を話すだけ。考えてみれば、いつも私が一方的に話すだけです。そして一方的に宣伝などのお世話になるだけで、Hさんには何のメリットもありません。

もしかして本当に「真からの私の本のファン」でいらしてくださったのかと思えて、心がほんわか温かくなるのです。

年賀状のやり取りはずっと続いていますが、一度くらいはお会いしたいと思いつつ三十数年も経ってしまいました。でも、お会いしたことがないというのも、かえって、想像の世界で素敵なことかもしれませんね。

さて、ほかにも出会いは、いろいろありました。出身校の同窓会の会報作りの手伝いをするようになり、メンバーとの出会いもあれば、活躍の同窓生を取材することでの出会いもありました。本の読者の方々との出会いなども……。

なかには大親友になって、数十年のお付き合いの方も……。

本当に数え上げればきりがないくらいです。

もしかして何もないと思っていらっしゃる方も、「何もない」なんておっしゃらないでください。小さなこと、そう、わらしべでも何でも出してみればプラスに変わることも意外に多いはずだとつくづく思うのです。

アンコール

消費税に対する世間の反応

消費税についての是非をここで論ずるつもりはありません。ただ、導入された直後の反対のしかたには疑問を感じました。

「反対、反対」のあの大合唱には無気味ささえも覚えたものです。あのなかの一体どのくらいの人が、消費税の本質を見抜いているのでしょう。大部分の人は、「百円で買える物が百三円になってしまった」と怒り狂い、消費税さえ廃止されれば、その百三円が元の百円に戻り、問題はないと信じています。結局のところその三円といった部分だけを考えていて、元の百円が正当な値段かどうかなんてことは気にもしていないようですが、どうせそんな大合唱をするのなら、せめてもっと効率のよい「百円が八十円になる歌」にでもしてほしいものです。そうすれば消費税がついても八十三円弱になり、消費税をなくした場合の百円より十七円も安くなるのに……。

消費税のことではあれほど反対する人々が、物価の不当な高さにはあまり騒がないというのも不思議な現象に思えます。

とはいうものの、何としても消費税にこだわりたい方には反対意見をどしどし出してもらうのもよいのですが、なぜか反対の理由としては納得できない意見が新聞などに堂々と、おまけに何度も出ていたのにはあきれました。

小さな子供は、本当に可愛くて、傍で見ているだけでも楽しいものです。しかしこの子供を「お涙ちょうだい物語」の主役にして、消費税反対運動の目玉にしようなどという考えはどうかと思うのですが、なぜかそういった話とか意見は人気があるらしく、

「小さな子が百円玉握りしめてお菓子を買いに来たけれども、百三円だったので買えずにションボリしていたので見かねて三円あげました」とか、「近所の文房具屋さんはいい人で、子供から消費税をとるなどという酷なことはできないと自腹を切ってくれています」なんて、日本人の大好きな聞くも涙、語るも涙の話がうんざりするほどもてはやされたのです。

この意見、実は根本のところで間違っています。小さな子供、いったい何歳かはよくわかりませんが、どうして一人でお菓子を買いに行ったのでしょう。まあたぶん親が百円渡して、「買ってきてもいいわよ」と言ったのでしょう。とすれば、百円だけ渡した親の方がうっかり者ということになり、その子供のかわいそうなことになる原因は親にあったわけです。そんなうっかり者の親を持った子供は、たとえ消費税がなくてもいつも苦労していることでしょう。

幼稚園の遠足に行って、いざお弁当というときにリュックをあけてみたらカラッポなんてことなきにしもあらずです（ちょっと言い過ぎだったかしら？）。

それから子供から消費税をとるのは酷という話、これは勘違いというものです。小さな子供ですから、アルバイトをして自分でお金を稼いでいる年代ではありません。とすれば子供は皆、親からお金をもらって文房具でも何でも買うのです。消費税だけは子供が外に働きにいって稼ぐのですか。違います。全部親が払うのです。だったら、文房具屋さんもそんなこと心配しなくてよいのです。可哀そうなのは子供ではなくて親なのですから。文房具屋さんが肩がわりしていたら、かわいそうなのは、親ではなく文房具屋さんになってしまいます。

ということで消費税と子供は関係なく、反対意見で子供を使うのは、的はずれのことです。もちろん消費税に限らず、何でも変わったばかりは不便を感じます。それは何も子供だけではなく大人も一緒のことです。

『落ちこぼれ主婦のなるほどエッセイ』一九九〇年

物を捨てること

我が家は物で溢れています。

さすがの私も、「何とかしなくっちゃ」と反省します。

「よーし、全部、捨てる！」

捨てる気、満々になって勇んで整理しかけますが、捨てるなどとは見ていないときに言うセリフ。いざ、捨てるべきと頭では思っていた物も、いったん目にしてしまえば、「どうして捨てるなどと酷いことができましょう」という気が起きてしまうのです。

こういった心理状態は、同じく整理下手、捨て下手の友人と意見がピッタリ一致、お互いに、あきれたり安心したりするのです。

「スカートだって、買ったとき、高かったのに組み合せが難しくて結局一回も着てないのがあるけど、こんなのどうやって捨てるのよ」

「そうそう。私だって、衿だけ少し黄ばんでしまったけど、いい生地でできているし、一回しか着てないのよ。第一、高かったのよ」

なぜか二人とも「高かった。高かった」と必要以上に騒いでしまうのです。そして高かったからという理由で捨てるのをやめても、それを着るなどという可能性は万に一つもなく、またしてもタンスの中で眠ることに……。

こうやって自分の物は何でも、もったいながって捨てられない二人も、こと夫の物ならすぐに捨てる決心がつくところも同じで、夫がぐずぐずタンスのこやしにしそうな素振りでも見せようものなら厳しく注意するのですから……。

さて、捨てなければならないのは衣類ばかりではありません。本も、ほっておけばどんどん増えてしまいます。そこで、ある程度は、捨てようと整理しかけても、手にとると、つい読み出してしまい、本の山の中で整理もしないで、日が暮れてしまうことになるのです。

このように、こと捨てることに関しては、全く下手な私も、今度は、衣類とか本ではなく、大物を捨てるという一大決心をしたのです。

大物とは、今頃流行らない大きなガスストーブとか大きなミシン、それに大きなテレビ、大きなこたつ、そういった物です。そのほかにパイプの足の椅子だとか、健康座椅子、まだまだありますが、それを捨てる決心をしたわけです。もらってくれる人があればいいのですが、それは望めそうもなく、おまけに大きな物は捨てようにも一人では無理なので、業者の人に運んでもらうことになれば、それだけでお金がかかります。

捨てるのさえもったいないと思ってるのに、何というこのわりきれなさ！

そんな気持ちと闘っている私に、朗報を持たらせてくれた人がいました。彼女が言うには、「引っ越しの際に、何でも買うという店に、電話をしたら、すぐに来てくれて、本当に何でもかんでも全部買ってくれたの」

「えっ？　何でも？　何でもって何よ」

とついつい身を乗り出してしまう私。

「そうねえ。もう何年も使ってボロボロになって中のスプリングだって飛び出してしまったようなベッドとか」

「何ですって、そんなベッド買ってくれたの？　いくらで？」

「うん、私もびっくりしたのよ。そのベッド新品だって一万五千円しかしなかったのに、あんなボロボロで五千円くれたのよ。ただでも、持って行ってくれれば上出来と思っていたものがよ。そしてほかの小物は、たとえばおもちゃでも一個十円とか、レコードなんかは、まとめて百円とか二百円とかで、結局たいていの物は持って行ってくれたわけ」

この話を聞いた私は、「ああ、早まって捨ててしまわなくて良かった」と心から思ったのです。そして、彼女の売ったベッドなんかよりは、私の大物の方が数段勝れているに違いないと考え、店の名を聞き出し、はやる気持ちを押さえ電話をしたのでした。

どうなったと思いますか？

結果を先に言ってしまえば、要するにうまくはいかなかったのです。いわゆる「とらぬたぬきの皮算用」でした。

「あのー、いらない物があるんですけど」と私。

「いらない物はいらないですよ」と言われ、あわてて言い直します。

「いえ、あのー、大型のテレビとか」

「大型って、まさか、木枠のついたのじゃないでしょうね」

どうしてわかってしまうのかしら、と思いながらも渋々、「そうです」と答えたら、

「あんな、古い物、どうしようもありません。駄目ですよ」とピシャリとやられます。

「じゃあ、ミシンは？　家具調のしっかりした良いものですが」

「あのねえ、そんな物、今頃誰も欲しがりませんからね。売れるような物でないと引きとれませんよ」

「そうですか、では、足がパイプでできた藤の椅子なんかは？」

「…………」

「こたつは？」

「…………」

「じゃあいいわ。ただでいいから取りに来ていただけないかしら」

最後の手段として言ったこの言葉もむなしく、

「ただと言われても、取りに行く方が大変なんですよ。店の方に持ってきていただければ、その時は考えますすけどね」

とまあ好きなこと言ってくださいます。

「誰が持ってなんか行くものですか。持って行けないから頼んでるんじゃない。それぐらいわかるでしょ。バカ」

とは心の中の声で実際には、

「じゃ、けっこうです。さようなら」

ということで、やはり、いらない物を売るなんて考えは虫が良すぎたようです。いらない物は誰もいらない、この言葉、身にしみました。

結局こういうことだったのです。彼女のベッドはボロでも少し直せば人が欲しがるような物であり、一方私が勝手に勝っていると思ったテレビやミシンなどは、型が古すぎて、今の時代に合う物ではなかったということ、つまりは完全にボロベッドにも負けるものだったのです。

そんな訳で、お金を払って捨てるしか方法はないのですが、未だに、その気にもなれずに、物に埋もれて生活しています。

『落ちこぼれ主婦のなるほどエッセイ』一九九〇年

目尻の小じわ測定装置

よくもまあ、こんなものを開発してくださったことと感心します。目尻の小じわを細かく測定できる装置だなんて……。最初は冗談だと思いました。でもそれは冗談ではなく、まじめなお話だったのです。

「当面は、小じわ対策化粧品の開発に利用、将来は小型化して店頭に設置し、肌のしわが気になりだした女性らにも手軽に利用してもらう考え……」

と新聞に出ていました。まだ店頭には置いていないらしいので、ほっとしていますが、そんな機械が置かれたら大変です。ただでさえ、デパートなどでは化粧品屋さんの前は逃げるようにして通っていたのに、そうなれば、全速力で駆け抜けなければなりません。少しでもゆっくり通れば、きっと声をかけられます。

「ちょっと奥さま、目尻の小じわ指数をお測りいたします」

無視しようとしても、

「小じわがずいぶんおありですね。ちょっとお測りしますから対策お考えになられた方がよろしいですよ」

なんて余計なことを言われそうな気がして今から戦々恐々なのです。それにしても、こんな機械で測ってもらいたいと思う女性が、はたしているのでしょうか。

「あなたの小じわ指数は○○です。お年の割には多すぎますよ」

こんな結果、誰も聞きたくないんじゃないかしら。誰にとっても嫌なしわですが、いったんできてしまえば隠すのはとても難しいことです。厚化粧をすれば、その場は隠れますが、笑ったら最後、元のしわより醜いファンデーションじわができてしまいます。だから厚化粧は、しわを隠す手段にはなりません。

しわ取り手術がありますが、あれは目尻の皮膚を引っぱり、髪で隠れる部分のところで余った皮膚を縫いつけるわけです。つまり、両横から引っぱって顔の皮膚をパンパンに張らせてしまうことなので、これは、風船をふくらませた状態とか、ゴムひもを伸ばしきった状態に似ていますよね。こんな風に皮膚を伸ばしきってしまったらちょっと怪我でもしたら大変。ちょっとの怪我のつもりが、パックリ傷口が横に大きく広がってしまいます。それどころか、風船が割れるみたいに顔そのものがなくなってしまうかも……。オーオー、恐い恐い！

厚化粧もだめ、手術もだめ、結局、方法はないのですから、しわのことなど忘れたいのです。小じわ測定装置だなんてとんでもない！

『落ちこぼれ主婦のホンネで楽しく』一九九一年

よそいきの声

声の分け方にもいろいろありますが、ここでは、よそいきの声と普段の声に分けてみました。

電話とか、知らない人、改まった人との会話では、適度なよそいきの声が必要です。とはいえ、私など、頑張ってよそいきの声で出た電話の相手が自分の家族だったりすると、何ともいえず損をした気分になるので、家族から電話のありそうな時間帯にかかってくるものに対しては、つい普段の声、それどころか連絡の遅い子供からと思い込んで出たときにはひどい声で出ることになります。

一応は、「もしもし」という言葉なのですが、その声の調子に怒りが込もっているから厄介です。

「今頃まで連絡もしないで何やってたの、心配するじゃないの」という不機嫌な声を発してしまった後で、相手が目上の方とわかったときには、「しまった」となり、「申し訳ございません。子供だと思い込んでおりまして……」と、長々言い訳をするはめになります。

やはり多少の損は覚悟で、いつもよそいきの声で電話には出るべきと反省します。

さて、たいていの人は、程度の差こそあれ、よそいきの声を持っているものですが、なかにはどんな時にも全く同じで、普段の調子を変えない人がいます。裏表がなくいい人といいたいところですが、普段の低いぶっきらぼうな声というのは、知らない人に対しては、怒っているような印象を与えます。長いつきあいになれば、本当の良さがわかってもらえますが、そうでなければ、第一印象で怖くて感じの悪いおばさんと思われかねません。

適度のよそいきの声というのは、顔でいえば笑顔にあたるので、人とのつきあいでは、欠かせないものといえましょう。

けれども何でも程度問題で、よそいきの声が必要とはいえ、大よそいきは駄目です。大よそいきとは、普段より一オクターブも声を高くしてしゃべることですが、そんな声を出す人は、しゃべる声だけではなく何と、笑う声までがよそいきになります。つまり笑い声も一オクターブ高いのです。

ここまで変える人は、極端に裏表のある人ですから接する側としても気をつけた方がいいでしょう。言っていることも言葉どおりにとらない方が無難です。普段の親しいつきあいに進まないよう、こちらも声を一オクターブ上げ、大よそいきでつきあうのが自衛策となります。

よそいきの声は必要ですが、くれぐれも適度にお願いいたします。

適度とは、普段の声を一音か二音程度高くしたぐらいということです。

『落ちこぼれ主婦のホンネで楽しく』一九九一年

ひじきの根っこ

ひじきの根っこってどんなものかご存知ですか？

「ちょっと見て。これカビじゃないかしら」

一流ホテル内の和食の店で、気軽なランチを友人三人で楽しんでいたときです。なかの一人が自分の小鉢を指してそう言うので私ともう一人は、

「えっ、どれどれ？」とのぞきこみました。確かに小鉢のひじきの煮ものに白いフワッとした物がところどころ混じっています。あわてて自分たちの小鉢に目を移します。私は半分、彼女は全部たいらげた後だったので、

「そんなの困る。ホントにカビかしら？」

そのカビに見えるひじきをためつすがめつ眺めましたが、どう見てもカビです。

「どうしてこんな一流のお店が。いったい何やってるのかしら。いつのひじきなの？」

全部食べ終わってしまっていた友人は、

「ヤダ、何か調子が悪い気がしてきた」

なんて早くも暗示にかかり出しました。

とにかくどういうことか店の人に訊いてみなければと、お運びの女の人に、

「これカビじゃないかしら」と差し出しました。彼女は、

「えっ？　まあ。ちょっと訊いてきます」と、あわてて奥へ持っていきました。

ところが、それっきり五分経っても十分経っても誰も出てきません。もうすべて食べ終わってしまっても、まだウンともスンともありません。

「何にしても返事はすべきよね」

と、いいかげんイライラしかけたところに、ようやく男の人が現れました。

「大変申し訳ありません。先ほどのひじきのことですが、あれは一見カビのように見えるかもしれませんが、実はひじきの根っこの部分だと調理場の者が申しております。決してカビではございませんので。はい」

「えっ？　あれが根っこですか。ネバッとしてましたよ。ひじきの根っこってあんな風に白くフワッとしているのですか」

「はあ、まあ、そういうことでございます」

しかし、ひじきの根っことは敵も考えたものです。いえ本当にそうかもしれません。我々三人は誰もひじきの根っこがどんなものか知らなかったのですから。

「おわびと言っては何ですが、お口直しに皆様にデザートを用意させていただきたいと思いますが、よろしいでしょうか」

「よろしいでしょうか」なんて言われても、心は「カビだ！」なのです。でも、

「カビじゃないのなら、そんなことしていただく理由はありませんから」。

「しかし、こちらといたしましても、また、ご気分よくお来しいただきたいと思いますので、是非そうさせてください」

そこまで「お願い」されては断るのも角がたちます。

けれども、ひじきの根っこに少しも納得できない私たちは、彼が立ち去るや、

「ねえ、ひじきって根っこあった？」

「ひじきは知らないけど、根コンブとかワカメの根なら使うことあるけれど。全然白くないわよ。かたくて太いわよ」

「そうよね。あんな変な白い根っこないわよね」

「でも、よく考えたものよね。ひじきの根なんて言われちゃね。見たことないけれど違うという確信もないし」

納得できないながらも、言い返す術を知らない三人は、その後うやうやしく出てきたおしぼりと豪華なデザート、メロンとシャーベットを見たとき、

「やっぱりあれはカビだったのだ」の思いを強くしたのです。

店側の認めては大変との気持ちもわからないでもないし、反省はしているらしいので、騙されたふりをしましたが、決してメロンに免じてではありません。

その時以来、ひじきの根っこなるものの正体を知りたくて、ことあるごとに探しています。本屋さんでもふと生物の本をめくったり……。けれども、ひじきが生えている絵はありますが、根っこまではよく見えません。

会う人ごとに訊いてみるのですが誰も知りません。生ひじきを売っている魚屋さんでも知らないと言います。図書館で調べるとか、海でひじきをとっている人に訊けばわかるのでしょうが、そこまではしないので、結局、未だにわかりません。あれから半年以上経ちました。見事な言い逃れとつくづく感心しています。

もう今頃わかってもね……。でも気になっています。そして答えを知りたい反面、このわからない状態を、けっこう楽しんでいるようなところもあるのです。

『私が名古屋のふつうの主婦』一九九四年

座席の問題【新幹線編】

乗り物に乗ると、いろいろなタイプの人に出会いますが、ある日の新幹線で私の隣に座った男性は、こんな人でした。座るなりごそごそと、航空会社から貰ったようなスリッパにはき替え、缶ビールに紙コップを用意……とそこまでは、まだふつうかと思っていたら、袋入りの氷まで持参で、コップにガラガラ入れ、ビールをついだのです。

そして列車が走り出すや、柿ピーポリポリ、おまけに、そのあい間に新聞を読む。それも折らずに大きく広げるので、こちらの領分（空間的な）が少しおかされることになり……私としては、一列車遅らせて、この窓側の席を確保したのに、「何てことよ」の心境でした。そのうち最後の方は、くたびれたらしくお眠りになったよう。

隣だからジロジロ見たりはしなかったけれど、ふと気づくとアイマスクをちゃんとおかけになっていました。何と申しましょうか、全くもって自分本位、マイペースを絵に描いたようなお方でした。

それを思うと、またの機会の新幹線で出会った学校の先生らしき方は、とても好感が持てました。ちょっとお気の毒でしたが……。

というのは、指定席を最初から買わず、「自由席が混んでいたら、それから指定に替わる」という一見、合理的に思える方法、これが実際には神経を使わなきゃならなくて意外に大変なんだという見本を見せてくださったのです。

その先生と生徒らしき中学生数人、合宿か何かの帰りなのか、ドヤドヤドヤと乗りこんできました。先生は、あちこち席を探し、「君たちはここ」など、皆の席を確保し、

「いい？　もし検札に来たら、その時指定券を買うから堂々と座ってていいんだよ」

と教えます。この列車が直通だったらことは簡単だったのに、東京を出てすぐに横浜と小田原に停まるのが、先生にとっては不運でしたね。

生徒は気楽に、

「ねえ、先生、車掌さんが来たときだけ、どこかに行って、その後また戻れば指定代払わなくてすむんじゃないの」

なんて言ってましたが、先生は悟します。

「あのね、そういうことはいけないことだから、だいたい気分悪いでしょ。不正なことするのは」

横浜で停まったとき、新たに乗りこんできた人がたまたまその先生の座っている側で足を止めたりすると、その度ドキッとした感じで立ち上がり、通り過ぎるとホッとして座

ることを繰り返した末、生徒に助言します。

「もし、この席の人だったらね、その人は切符を持ちながら、『あのー』とか言ってくるから、それから立てばいいからね」

でも、オロオロ席を立ったり座ったりしていたのは、先生だけで、生徒の方は「ケロッ」でしたから、この助言、ご自分に向けてだったかもしれませんね。

次の小田原でも何人か乗りこんで、その都度、やはり先生は落ち着いていられず立ったり座ったり。結果的には、その席は誰も来なかったのですが……。先生は、ようやく皆の指定券を買って車掌さんが来たのは小田原を過ぎてからでした。先生は、ようやく皆の指定券を買って落ちつけたというわけです。

私は、自分の最初から買っていた指定席に悠々と座りながら、

「同じ金額払うのに、先生はお気の毒」と何だか気になって目が離せず、ずっと見ていたのです。

それにしても先生のキャラクター、ほのぼのとしていい感じでした……。


『落ちこぼれ主婦のあらまあの日々』二〇〇一年

FLIGHT TICKET
NAGOYA → SINGAPORE
新幹線指定券
名古屋 → 東京
00:00
D16

敵はホントに凄かった。悪（図々しいという意味）もあそこまでいくと見事というしかありません。それにひきかえ、こちらの要領の悪さときたら……もう情けないものです。

飛行機の席とりについて、シンガポールツアーに姉と参加した折の話。

姉も要領の悪さでは私に負けていなかったから、これは起こるべくして起こったことかもしれません。エコノミークラスでしたが、まあ今問題となっているエコノミー症候群にならなかっただけでも良しとすべきでしょうか。

姉と並んで座った私の右隣は、運よく二つとも空席だったというのに、ボケッとしていたばかりに、赤ちゃん連れの若いお母さんに占領されてしまったのです。

「隣が空いてて良かったわ」と、つかの間思った気持ちは、ぶっとびました。

その人は、あろうことか、私の隣にぴったり座ることによってその空席を二つとも……（二つともですよ）手に入れたのです。自分の席は、少し離れたところにあるというのに。

さて、ここでこの女性の家族対我々姉と私の席の確保状態を検証してみましょう。

女性の家族は、夫と母親で計三人、赤ちゃんは抜きにして、もともとの席は三つということです。最初女性は母親と並んで座っていましたが、こちらに来てしまったので、母親の隣は空席に。夫の隣は初めから空席。つまりこの方たちは三人とも一人で二席ずつ確保。三人で六席使用……対する我々は二人で二席。

単純に座席数を考えただけでも、「これはないでしょう」という感じでしたが、きわめつけは、私たちは席をみすみすとられた上に、夜中には、その隣にやってきた赤ちゃんの泣き声によって眠れなくさせられたことです。

ふつうなら（この女性は当然ふつうの神経ではなかった）赤ちゃんが泣けば、親は小さくなって気の毒なものですが、彼女は小さくなるどころか大きくなったのです。

わざわざ私の耳元に頭がくるような形に赤ちゃんを抱き、もう一つ空いている方の座席には自分の足を伸ばして、悠々としているのですから……もう信じられない。

「これからは絶対にうまく席をとるぞ」と、心に誓ったできごとでした。

この誓いが、実は、数年後のさらなる失敗へとつながることになるとは……。

ドイツにいる友人を訪ねるため一人で飛行機に乗ったのです。一人で行くということで、事前に周りの人がアレコレ座席についての知恵を授けくれました。

「一人だと割と融通をきかせてくれるわよ。私なんかエコノミーだったけどビジネスにしてもらえたわ」

「夫は一足あとにビジネスで帰ってきたんだけれど疲れてヨレヨレ。私はエコノミーだったのにガラガラで四席使って悠に寝てこられたわ」

これだけ聞かされれば、迷わずエコノミーです。正規の料金でビジネスに乗ってるのにエコノミー料金でビジネスに来る人がいたら嫌になるでしょうしね。

「私も運が良ければビジネスに行けるかも……」

とまでは期待していなかったのですが、座席の確保に関しては、

「今度こそ絶対ドジはしない、絶対要領よくやるんだ」

という意気込みが……強すぎました。フライングという感じ。

自分に与えられた席を見て、

「ウァー、狭い」

おまけに隣は男性です。とりあえず座り、あたりをキョロキョロ、いい席（隣が空いてるような）があったら即移動しなきゃ。私はいちばん前の席でしたが、そこからふと前方を見ると、そちらはけっこう席が空いているようです。

「よーし、あっちに行こうっと」

私のその時の行動の素早さは、我ながら上出来。シンガポールツアーの私とは別人のよう。「ここならいいわ」と気分よく座っていると、スチュワーデスさんが、

「ワインか何か如何ですか」

と訊きにきてくれサービスもいい。私はお酒は飲めないのでそれは断りましたが、しばらくすると今度は新聞とか雑誌です。一冊もらいパラパラ。しかし、ふとあまりのサービスの良さに一抹の不安が芽生えました。

「ひょっとして、ここってビジネスクラス？」

そう感じたとたん、スチュワーデスさんの変な動作に気づきました。座席の間の通路を、首を縦に振りながら歩いているのです。それは、人数を数えている仕草……おまけに二周位した後、首を傾げています。あきらかに、「おかしいなあ」と思っている様子。ああ、もう間違いない。ここはビジネスクラスで、人数にない私が来たことで数が合わないということなんだ。

しかたなくスチュワーデスさんを呼びとめ訊いてみるとやはりそうで、すぐに追いだされることになりました。でも、「私は一人で、隣が知らない男性なの」と泣きごとを言い、結局エコノミーのなかで少しましな席（隣があいている）を探してもらってそこに座れることになりヤレヤレでしたが、あとから皆にあきれられました。

「ビジネスに間違えて行くなんて信じられない。席の大きさだって違うでしょ」

確かに違ったけど……。

『落ちこぼれ主婦のあらまあの日々』二〇〇一年

おわりに

懐かしのアンコールの章もお楽しみいただけたでしょうか。

私自身も当時のことをいろいろ懐かしく思い出しました。消費税が初めて導入されたのは三十年以上も前になりますが、初めてのことだけあって、今思えばですけど、わずか三パーセントに世間は本当に大騒ぎでした。でも以後は五パーセント、八パーセント、十パーセントとどんどん上がっても、もうそんなには騒がない。あきらめとか慣れなんでしょうね。

さて、今回のエッセイも失敗談が多いなと思っていたら、またまた大失敗。

久しぶりのスーパーで、塩コショーの大瓶が安売りコーナーにあるのを見て、「そうそう、コショーを買わなきゃ、塩コショーではなく、ただのコショーを」

でもどこだっけ?

運よく男性の店員さんが通りかかったので、

「すみません、コショーはどこですか? 塩コショーではなく、ふつうのただのコショーですが」と訊くと、

「えっ、ちょっとわからないので」って。

私の方も「えっ？」

もしかして店員さんじゃなかった？

「何てことよ」と思いながら、「店員さんじゃなかったのね。ごめんなさい」と謝り、行方をそのまま眺めていた。彼は少し先の女性の傍に行き、「間違えられちゃった」という感じで話していた。女性の方も「あの人が？」という様子でこちらを見たので、もう一回頭を下げて詫びました。

「ああ、やっちまっただ」の気持ち。

それにしても、どうして店員さんと思ったのかしら。あらためて見ていると、店員さんはエプロンをしている。彼はエプロンなんかしていなかったのに。ただ、服装としてはこざっぱりとした縞のシャツ姿だから店員さんとしても問題はないし、加えてその棚の商品を点検するような動作が店員さんぽくって私は勘違いしてしまったのね。

いえ、今わかりました。その動きだけなら他のお客さんもやっています。私が彼を店員さんと間違えた理由は、彼が、買い物カゴを持たず手ぶらだったこと。

ふつうのお客は皆さん買い物カゴを持ち、あるいはカートを押しながら商品を選んでいるのに、彼は何も持たず身軽な感じだったから、商品を点検している店員さんに見えたのね。納得です。

彼は奥さんと買い物に来ていて、カゴは彼女が持ち、彼は離れたところに手ぶらでというわけでした。

皆さんもくれぐれも奥さんから離れて品を物色中の手ぶらの男性を店員さんと間違えたりなさいませんように。


ところでタイトルにある「おばあさんぶりっこ」は「ぶりっこではなく本当におばあさんでしょ」と突っ込まれそうですが、本作りの作業で人生を振り返るうちに、ふと気づいたのです。

私は、たぶん二十代の初め頃までは、ふつうにその年代を過ごしていましたが、結婚して妻となってからは、夫関係の人には「主人がいつもお世話になっております」なんて挨拶をして妻役を、そして母になってからは子供の幼稚園とか学校の先生に子供の家での様子を母らしい雰囲気で話したりするのもお母さん役を演じているような気がしたものです。

なんだか自分じゃないという感じ。別に妻になったとか母になった違和感ではなく、外に向けては、その役を役らしく演じなければならないという使命感でしょうか。

だから、妻ぶりっことか母親ぶりっこなど、何でもぶりっこをしていたなと。

そして今はおばあさんぶりっこ。年齢にふさわしく、体力も衰え、あちこち痛いし、人の名は忘れるし、後期高齢者だということは、しっかりわかっていますが、何せ、精神が追いついていない。それでもそうと知られるのはカッコ悪いと思えて、ことさらに「天国に近いから」とか「先がない年齢」だとか、言いすぎるほど言ってしまうので、おばあさんぶりっこなのです。


今回の出版は、縁あって、ゆいぽおとさんにお世話になりました。

代表の山本直子さんは、とても頼りがいのあるお姉さんという感じの方……なんて言ってはいけませんね。彼女は私より十歳もお若いのです。

でも頼りになるというのは本当のこと。

いざ本にするとなると、さて、数字を漢数字にするか算用数字にするのか、はたまた「この言葉は漢字か平仮名表記か」と迷ったりしますが、そんなことなども山本さんは、「全体的にどちらが好みか決めてもらったら、あとは私がやります」とおっしゃってくださって、心強く、ほかにも何かと頼りにさせていただけて、とても有難く思っています。

また、ゆいぽおとさんに原稿を提出する前段階では、太田明里さんに間違いチェックや、原稿整理など熱心に手伝っていただけて本当に感謝しています。原稿の最初の読者として、「すごく面白い」といってもらえたことも「いいのか悪いのか訳がわからなくなっていた」私には大きな励みとなりました。

表紙絵と扉絵、挿絵を描いてくださったのは、イラストレーターの松井あやかさんです。とても楽しい雰囲気に仕上げていただけて本のイメージが一段と高まりました。ありがとうございました。


そしてこの本を最後までお読みくださった皆さまには心より感謝申し上げます。

また、「おわりに」からお読みになっていらっしゃる皆さまには、「本文も読んでみようかな」とお思いいただけたら幸いです。

この先もお目にかかる機会がありますようにと切に願っております。

皆さまもくれぐれもお元気にお過ごしくださいますように。

二〇二四年十二月　　　　　　　　　　　　足立恵子

足立恵子（あだち　けいこ）
一九四七年、名古屋市生まれ。南山中学・高校を経て南山大学外国語学部英米科卒業。
二〇〇三年から二〇二〇年まで「瑞穂フォーラム」にエッセイを連載。一九九〇年からはじまったエッセイ集「落ちこぼれ主婦シリーズ」も本書で九冊目。

装画・本文画　松井あやか
装丁　上野浩二

落ちこぼれ主婦のおばあさんぶりっこ
2025年1月29日　初版第1刷　発行

著　者　足立恵子
発行者　ゆいぽおと
〒461-0001
名古屋市東区泉一丁目15-23
電話　052（955）8046
ファクシミリ　052（955）8047
https://www.yuiport.co.jp/

発行所　KTC中央出版
〒111-0051
東京都台東区蔵前二丁目14-14

印刷・製本　モリモト印刷株式会社

内容に関するお問い合わせ、ご注文などは、すべて右記ゆいぽおとまでお願いします。
乱丁、落丁本はお取り替えいたします。

ISBN978-4-87758-567-9 C0095